4 décembre

Du même auteur

Tu seras une femme, ma fille, Calmann-Lévy, 2010 ; Livre de poche, 2012.

L'Élégance, Autrement, 2013.

Nathalie Rykiel

4 décembre

PLON
www.plon.fr

12, avenue d'Italie
75013 Paris
Tél. : 01 44 16 09 00
Fax : 01 44 16 09 01
www.plon.fr

ISBN : 978-2-259-24135-9

Pour Sam

I

Madame je veux l'amour

1

« Vous me demandez de raconter un peu ma vie, sous prétexte que j'en ai une, je n'en suis pas tellement sûr parce que je crois surtout que c'est la vie qui nous a, qui nous possède.

Après, on a l'impression d'avoir vécu, on se souvient d'une vie à soi comme si on l'avait choisie.

Personnellement, je sais que j'ai eu très peu de choix dans la vie, que c'est l'histoire au sens le plus général et à la fois le plus particulier et quotidien du mot qui m'a dirigé, qui m'a en quelque sorte embobiné. »

Romain Gary, *Le Sens de ma vie*

Soixante ans, j'ai soixante ans. Dans un an. Je vais fêter mes cinquante-neuf ans demain, le 4 décembre 2014, sans émotion particulière.

4 décembre

Demain, ce sera la première fois que ma mère ne me souhaitera pas mon anniversaire, cela n'aura pas de signification particulière pour elle, mais elle est en vie et je lui dirai : « Souris-moi maman, c'est mon anniversaire aujourd'hui. » Et elle me sourira. Elle fait ce que je lui dis en général. Depuis qu'elle m'appelle maman, il y a à peu près un an de cela, elle est devenue presque obéissante. Je lui ai dit, la quatrième ou cinquième fois où elle m'a appelée maman, quand j'ai compris qu'elle le faisait exprès, que cette *con-fusion* était sa décision : « Je suis d'accord pour que tu m'appelles maman, à condition que tu restes ma mère ? » Elle a répondu : « Bien sûr, ma chérie ! » Fin du dialogue. J'étais contente, elle aussi, ainsi les choses étaient parfaitement claires pour nous deux.

Cela a été aussi simple que cela. L'autre jour, j'écoute Hélène Cixous à la radio à propos de son livre *Homère est morte*... et elle décrit cette histoire, ce dialogue entre sa mère et elle, exactement avec les mêmes mots. Ça ne s'invente pas. J'écris à Hélène Cixous pour lui raconter. Cette histoire si intime est donc universelle.

On ne dit pas : « J'ai soixante ans. » Après, c'est foutu pour mentir. Mais qui dit que je ne mens pas maintenant ? Qui dira que ce que je raconte est vrai, que je n'invente pas, que je n'enjolive pas, que je ne noircis pas ? Qu'en savez-vous, qu'en sais-je moi-même de ce qui est arrivé, réellement arrivé dans cette vie et, aussi, de ce qui n'est pas arrivé ? Mais je me raconte ma vie, je me l'invente même si je veux, morceaux choisis, j'en ai bien le droit.

Et je plante le décor.

L'enfance. Le père. La mère et ses fausses couches, ces frères et sœurs qui ne sont pas nés et le frère qui se présente quand même, finalement, cinq ans plus tard. L'adolescence amère. Les dimanches à la campagne, les vacances dans le Sud, le prêt-à-porter par hasard qui deviendra la Mode, grande histoire. Divorce.

Les amours, les chagrins d'amour, petites amours, grandes aussi dont on ne sait pas à leur commencement qu'elles le deviendront. Les enfants. Avant tout, devenir mère. Les grandes décisions (très peu quand on fait le compte). Les amitiés. Plus tard, il y a ceux qui tombent malades et ceux qui meurent alors qu'ils sont jeunes encore puisqu'ils ont votre âge.

À ce moment-là, il y a la possibilité d'envisager la fin, et celle de continuer à vivre comme si ça n'existait pas. On pense à ce qu'on n'a pas vu, ce qu'on n'a pas connu, à tout ce qu'on n'a pas vécu. On connaît les petites choses qui donnent de l'allure à la vie,

un livre
des roses de jardin
un bon gâteau
une maison chaleureuse
un joli moment
penser à dire qu'on aime

Cette vie-là, ou une autre. Cette femme-là, ou une autre.

Question de circonstances. Elle s'est trouvée là, elle raconte cette histoire-là. Bon, elle l'avoue, quand ça lui chante elle brode un peu, ajoute un ruban, quelques finitions, de la dentelle. Elle aime que ce soit joli. Mais elle ne se force pas à inventer une autre histoire, plus fascinante, plus méritante, plus combattante, plus singulière.

À soixante ans, on doit pouvoir se définir. Les autres le demandent et puis, la majeure partie du temps est passée. Il y a moins à bâtir, plus à offrir. Mais comment remplir le formulaire ? Je ne me sens pas finie. J'ai envoyé balader les repères, ce ne devait plus être les bons. On me demande parfois : « Je mets quoi sous votre nom ? »

Mon nom ne suffit pas, mon âge est peut-être faux, ma vie est en partie romancée. Alors, si c'est vraiment nécessaire, écrivez : femme de mode. Je suis née dedans, j'y ai vécu tant d'années, j'en ai bien retiré quelque chose, un petit savoir. Pourtant je ne me sens riche que de mes émotions.

2

Française mais d'origine polonaise, russe et roumaine. Parisienne mais de la rive gauche. Germanopratine mais du Flore, pas des Deux Magots. Habite là. Mère de trois filles. Fille d'une mère reine de la mode et d'un père intellectuel et *schmatologue*. Mariée et divorcée deux fois. Amante aimante et amoureuse. Femme de mode qui aime écrire depuis toujours et lire tout le temps. Dépensière. Parfois deux kilos en trop. Migraineuse. Anxieuse. Voyageuse. Terre à terre et exaltée. Amicale et familiale. La mode se fout de l'élégance. Et vice versa. Fourrure et strass, rubis et doudoune. Plutôt courageuse. Aime rire vraiment, même si ça ne se fait pas. Tour de contrôle en permanence. Adore le mot mélancolie. Sentiment d'imposture (se dissipe). Analyse et psychothérapie. Pilates plutôt que yoga. Mer et soleil. Le chocolat. Veut l'amour et le bonheur...

3

C'est une tour de contrôle. Haute, solide, de partout on la voit clignoter. Elle repère, rassure, rapatrie en cas de danger. On ne doit pas lui échapper.

La mère est posée au-dessus, c'est un drôle d'équilibre, ça fait penser à la tour de Pise, penchée, mais qui se tient. L'inverse aurait été plus pratique, moins pesant probablement, une mère enracinée, une fille prête à s'envoler, mais elle est incontrôlable la mère, indétrônable depuis toujours et puis, c'est elle qui est venue s'installer à l'étage au-dessous, il n'y a pas si longtemps.

Dessus, la mère l'appelle maman depuis un an. Dessous, la fille a dit d'accord; elle qui a accouché trois fois est aujourd'hui mère de quatre filles...

Madame je veux l'amour

Une fille en Inde, yoga, décalage horaire, chaleur, quand elles se parlent, c'est le matin.

L'autre à New York, énergie tendue, elles s'appellent le soir. Grand écart, cool et speed.

La troisième, là avec elle, là encore, encore un peu de temps, heureusement…

4

12 février 2012

Je me suis avancée. Ils sont là, ils m'attendent. Normalement, lorsqu'ils sont réunis, un brouhaha affairé et joyeux envahit les lieux, les visages inclinés s'interrogent, se répondent et, comme dans une réunion de famille, je dois insister gentiment, une fois les retardataires arrivés, pour obtenir le silence afin de prendre la parole.

Aujourd'hui, pas de groupes, simplement des hommes et des femmes qui se tiennent droits, très proches les uns des autres et muets. Des hommes et des femmes qui attendent et redoutent ce moment ou quelque chose qui y ressemble, sans que ni eux ni moi ne sachions à quoi ce moment ressemblera.

Je suis descendue de mon bureau les mains nues, sans papier, sans notes, sans manteau, sans sac, sans aucune protection. Il est 19 heures, la boutique et les bureaux viennent de fermer. J'ai demandé qu'ils restent, ils sont restés. Debout, ils font cercle. Je me place au centre, légèrement en recul, de façon à bien les voir tous. Je laisse l'imposant meuble de la caisse derrière moi, je refuse de m'en servir comme paravent et j'y dépose mon portable que j'ai éteint. Je ne veux rien entre eux et moi. Ils ont leurs manteaux sur les épaules, leurs sacs bourrés de dossiers ou de courses posés à leurs pieds, certains tenus à la main, d'autres, moins lourds, portés en bandoulière. La journée est terminée, ils sont fatigués et tendus. Ils ont peur certainement, et moi aussi.

Je regarde ces hommes et ces femmes solennels et désemparés et nos fragilités se confondent sans pourtant se rejoindre. Je n'ai pas envie d'être dans leur peau, ni dans la mienne. Je cherche dans ces regards habituellement complices un signe, un encouragement, mais ce n'est pas à l'ordre du jour. L'ordre du jour, c'est que je les laisse là, maintenant.

C'est ce que je suis venue leur annoncer.

5

Commencer par toi. Il faudrait pouvoir dire qui tu es mais je crois bien que je ne t'ai jamais connu. Tu es mon père jusqu'à l'âge de vingt ans. Du jour au lendemain, tu deviens un gouffre. Un choc, un trou. Je m'épuise à parer d'illusions le fantôme que tu es devenu, à rêver les encouragements, la fierté, les câlins. Mais je n'étreins entre mes bras qu'une ombre géante. Impossible de retenir un instant, de retrouver ne serait-ce qu'une sensation de douceur. Rien ne salue mes efforts, seuls flottent les regrets, les peurs et les scènes...

Pourtant je le sais, tu m'aimais. Et je m'interroge sur mon impuissance à peindre un tableau éloquent de toi, impuissant à retenir l'amour de ma mère, les yeux de mon frère, à te garder toi-même vivant.

Tu meurs une nuit sans m'informer, sans m'embrasser avant, sans nous laisser de temps, et c'est un ciel fragile et puissant qui s'écroule. J'ai vingt ans, je ne suis pas prête. Je navigue à vue, traversant cette tragédie nerveuse entre rires et larmes. C'est donc la fin d'une vie de malentendus où je n'aurai pas eu le temps de te plaire. Tu n'es pas beau, je te ressemble. Nous sommes les bruns de la famille. Tu n'as d'yeux que pour mon frère blond qui ne voit pas, que pour ma mère rousse qui étincelle. Je ne t'intéresse pas et moi, la seule chose qui m'intéresse, c'est que tu sois fier. Bouffées de manques.

Je le revois sans fin, ce théâtre de mon enfance comme si l'enfance avec toi n'avait été que fragments. Séquences d'une violence qui m'assaille.

Acte un, décor : pénombre des maisons louées pour les vacances, heure de la sieste, mes amis se reposent ou s'ébattent dans la mer, je suis enfermée avec toi dans l'une des pièces, volets fermés pour ne pas laisser entrer la chaleur, paralysée devant les mathématiques de mes devoirs de vacances et tu me menaces de ta ceinture.

Acte deux, musique : je suis adolescente, tu débarques au milieu de mes boums, tu installes mon frère au piano, il faut que tous écoutent le petit prodige.

Acte trois, ambiance : tu as décidé de repeindre toi-même la chambre de l'appartement pour Jean-Philippe, c'est l'excitation d'une nouvelle aventure : pinceaux, brosses, couleurs soigneusement sélectionnés et achetés, mais tu renonces et convoques des peintres quand je revendique mon droit d'aînée pour que la chambre me revienne.

Acte quatre, lumière : tu me gifles parce que j'ai évoqué la cécité de mon frère pour qu'on nous octroie la faveur d'une place dans un parking.

Acte cinq, coulisses : tu me gifles encore quand, revenue des achats de rentrée scolaire effectués avec l'une de mes tantes, je rapporte à la maison une blouse en nylon rose au lieu du coton blanc exigé pour les cours de chimie.

Rideau.

Et ces épisodes parcellaires stigmatisent mon enfance avec toi. J'étoffe : seize ans, je rejoins un stage de théâtre de l'école Grotowski et m'en échappe parce qu'on nous réveille la nuit pour nous faire marcher pieds nus dans la forêt. J'obtiens mon bac D, avec mention, et je renonce à « faire médecine ». Je caresse l'idée du cinéma, tourne un court métrage en Super 8, puis, plus rien. Tu es déçu. Je te déçois. Et puis, tu meurs.

Je regarde les albums, les photos. Inventaire : costume, lunettes, chemise, cravate, cheveux bruns et courts. Queue-de-pie pour ton mariage. Uniforme de pilote pour ton service militaire. Shetland gris col roulé, cheveux longs en arrière qui ondulent, lunettes carrées. Casquette de marin, chemise manches roulées et barbe. Djellaba, cheveux longs, barbe poivre et sel. Et toujours tes lunettes, tu es myope. Et daltonien, chaussettes parfois dépareillées. Cigarettes, deux paquets de Gitanes sans filtre tous les jours. Briquet, Zippo.

Ça me revient que tu as du bide, les fesses plates, les épaules un peu voûtées, une démarche en dedans, une présence qui densifie l'espace. Une odeur, mais qui, elle, ne me revient pas.

Noir et blanc : Jean-Philippe et moi rions aux éclats, écroulés sur un talus en Camargue, c'est une prouesse bien sûr que Jean-Philippe monte à cheval et tout le monde vous admire, toi de rendre cela possible, lui d'être courageux. Moi, je chevauche à vos côtés. Il y a des dîners, des soirées, des feux de bois.

Sépia : rituel du soir, dans la salle à manger de notre appartement avenue du Général-Leclerc, après dîner, la table débarrassée, tu fermes les rideaux et tu « fais la caisse » de ton magasin, Laura. Tu amoncelles des tas de billets, tu les empiles par liasses de dix, tu les épingles, tu les caches dans le tiroir du secrétaire. Je ne comprends pas pourquoi on ferme les rideaux et tu m'expliques que c'est pour que les voisins ne puissent pas apercevoir l'argent. L'argent, je n'en ai aucun souvenir. Je crois qu'il y a eu une période plus dure, « ça ne marchait pas ». En fouillant dans le même secrétaire, un jour, j'ai retrouvé des lettres dans lesquelles tu écris : « Financièrement, je suis saigné à blanc. » Ça m'a bouleversée cette expression de sang et d'argent mêlés.

Couleur : tous les mercredis, tu nous emmènes déjeuner chez tes parents, 34, rue du Docteur-Blanche. Avant de pénétrer dans l'immeuble, on s'arrête à la librairie en bas et tu m'offres un magazine que je lis sagement sur le canapé de velours ocre une fois le déjeuner terminé...

Flash-backs : sur la terrasse de ton petit appartement, rue Émile-Dubois dans le quatorzième arrondissement de Paris, tu as planté un arbre dans un pot, un érable – Au festival de Tabarka en Tunisie, tu te mêles aux musiciens avec Jean-Philippe, tu dragues, mes copines aussi, rien de très embarrassant. Tu n'es pas lourd, ça n'est pas ton truc les femmes, tu aimes toujours ma mère, tu l'aimeras toujours – Soirées télé : patinage artistique en Eurovision jusqu'à des heures indues, commentaires de Léon Zitrone, nous sommes seuls tous les deux dans le salon, les autres dorment – Prof, ton chien, un schnauzer poivre et sel qui a vécu avec nous, quelle fête, puis tu es parti avec lui – Ella Fitzgerald, *Love For Sale* – Tu m'apprends à jouer aux échecs, tu insistes pour utiliser le métronome, aujourd'hui ton jeu est toujours chez moi, j'ai jeté le métronome – Une lunette astronomique blanche apparaît l'été dans le jardin de Combs-la-Ville, tu m'expliques la Voie lactée, les étoiles, je souris – Je me souviens – On va au cinéma, tous les deux : on adore *The Long Goodbye* (*Le Privé*) de Robert Altman (lis la suite, tu verras, tu seras fier) – Rituel, le dimanche matin, nous partons tous les quatre à la campagne chez Jacques et Lucette : promenades en forêt, déjeuners pantagruéliques, l'après-midi, cachée dans le sous-sol, je joue au docteur avec leurs enfants. Lucette insiste toujours pour que nous restions dîner, après nous regardons *Thierry la Fronde* à la télé, ensuite nous reprenons la route dans ta DS blanche que j'adore, tu allumes la radio sur France Inter, on écoute « Le masque et la plume »...

Une photo couleur s'est glissée dans le port de Saint-Tropez, chemise en madras, tu tiens Jean-Philippe par la main. Ta casquette...

4 décembre

Tu m'emmenais sur ton sloop de neuf mètres dans la baie des Canoubiers ; une fois, seuls à bord nous continuons jusqu'à Porquerolles, violence d'une tempête. Tu me laisses la barre et, arc-bouté, tu te fraies un chemin jusqu'à l'avant du bateau pour essayer d'arrimer les voiles. Ta casquette de marin tombe à l'eau. Quand elle parvient, entraînée par le courant, à mon niveau, sans lâcher la barre, je me baisse et la récupère d'une main. Tu reviens dans le cockpit, je te la tends et tu as ce regard, c'est ce regard-là, papa, que je cherche tout le temps.

À Porquerolles, une autre fois à bord, j'ai quarante de fièvre... Tu souhaites que j'apprenne à naviguer. Mais le voilier, les échecs, les mathématiques, ça n'est pas mon truc et puis la moindre question posée engendre des réponses interminables, des recours imposés par toi au dictionnaire, donc je n'en pose plus...

Je me souviens de ta jambe cassée un été à La Croix-Valmer. Des années plus tard, de ta syncope sous la douche un matin à la maison et de la ponction lombaire qui a suivi. D'être venue à l'hôpital te voir, de ta tête impressionnante enroulée de bandages après cette opération du crâne. Trépané. Ponctionné. Saigné à blanc...

Ça me revient que tu ne t'entends pas avec ton frère, si différent de toi, que je l'ai peu connu, qu'il a été retrouvé mort dans un accident d'hélicoptère au-dessus du Brésil, il avait fui la France, on ne disait pas pourquoi. Que tu es triste et soucieux pour ta mère, que tu appelles « petite mère », elle t'appelle *Samylin*, « petit Sam » en yiddish. Ta petite mère qui enterrera ses deux fils et mourra quelques années après, c'est elle que tu aimes dans ta famille. Ta famille qui vient de Pologne. De Lublin où tu es né. D'où vous êtes arrivés, tu avais quatre ans. Impasse sur ton enfance. Ton père ne te laisse pas faire d'études, tu ne lui pardonneras pas. Tu dois le rejoindre, l'aider dans son magasin de fourrure qui s'appelle Lady, rue de la Chaussée-d'Antin, près des Galeries Lafayette. Puis chez Laura, son magasin de prêt-à-porter, 104, avenue du Général-Leclerc, Paris quatorzième.

Chez Laura, tu es le chef. Ta petite mère toujours bronzée, cheveux décolorés et crêpés, manucurée, robe imprimée, assise très droite à longueur de journée sur la chaise haute derrière la caisse, importante de ce rôle qu'elle assume parfaitement. Un français approximatif, seulement des « Chère madame, comment allez-vous [beaucoup de fidèles], merci beaucoup. » Manipule les billets avec dextérité comme ses cartes à jouer du dimanche, surveille de son trône stratège les clientes, les vendeuses, se délecte de la présence de son fils, contente. Ton père virevolte de Lady à Laura, traversant les rives de Paris, numéro de charme à la clientèle, la langue pendue et le sourire facile, toutes ces femmes, il est bien aise. La gestion, les fournisseurs, les finances, le personnel, les emmerdes, c'est pour toi, l'intellectuel devenu *schmatologue*.

Dans cette nébuleuse de chiffons, il y a aussi Micheline la première vendeuse, Maryse la comptable qui quittera Sonia Rykiel après cinquante années de collaboration. Au premier étage, près de la comptabilité, l'atelier de retouches avec ces dames qui « descendent en essayage » auprès des clientes puis leur annoncent : « Votre ourlet, ce sera pour mardi », et remettent ensuite une fiche à ma grand-mère. On « compte » les retouches sauf aux bonnes clientes à qui ma grand-mère les offre d'un clin d'œil. Il y a le café, Chez Magne, quelques mètres plus loin sur la gauche, 100, avenue du Général-Leclerc, où tu déjeunes d'un croque-monsieur.

C'est là, dans ce quatorzième arrondissement de Paris, au 104, de l'avenue du Général-Leclerc, dans cette boutique familiale, que Sonia, qui n'est pas encore ma mère, vient t'attendre les après-midi après votre mariage.

6

Jeune femme de bonne famille, aînée de cinq filles, *just married*, elle prolonge sa vie insouciante et passe ses journées dans son gynécée de mère et sœurs. En fin d'après-midi, elle les quitte pour rejoindre son mari. Assise dans la boutique, elle s'ennuie. Indifférente, elle contemple les femmes en attendant Sam. Après la fermeture, ils s'arrêtent chez le traiteur du coin, Noblet, en face de l'église d'Alésia et rentrent dîner dans leur appartement à deux pas, au 89, de l'avenue du Général-Leclerc. Huis clos de leur quatorzième.

Un soir, elle se retourne, il n'est plus là, parti dîner seul au restaurant. Elle apprend à faire la cuisine. Ses beaux-parents l'adorent, elle entretient avec eux une distance amusée et impatiente. Rapidement, elle est enceinte. Tellement contente, elle se fait couper sur mesure par les retoucheuses de Laura une robe éléphantesque qu'elle enfile aussitôt. Elle se pavane ainsi, enceinte de trois mois, dans cette robe prête à accueillir une kyrielle d'enfants, c'est la vie qu'elle s'imagine...

L'accouchement sera difficile. Elle s'enchante de moi mais, pendant les quatre années suivantes, les fausses couches succèdent aux fausses couches. Enfin, une grossesse persiste et on lui recommande de rester couchée jusqu'à son terme. Quand je rentre de l'école, je m'allonge à ses côtés, et c'est à l'horizontale, pendant ces quelques mois, qu'elle m'apprend à lire. Puis Jean-Philippe naît, prématurément. Trois mois plus tard, on découvre qu'il ne voit pas et ne verra jamais...

Je me souviens des longues vitrines de Laura, de ces immenses vitrines tapissées de rose layette du sol au plafond et exposant des pull-overs noirs, seulement noirs...

Je suis petite mais je me souviens de Françoise Hardy, d'Audrey Hepburn, et de tant d'autres vedettes qui s'arrêtent chez Laura, sur le chemin de l'aéroport d'Orly (Roissy n'existe pas encore), en partance vers leurs tournages, pour faire le plein de pull-overs.

Voyage ou pas, grâce à Sonia, Laura est devenue une destination. Les prototypes de pull-overs rectifiés, épinglés par ma mère pour elle-même et qui avaient succédé, sa silhouette retrouvée, à sa première robe de femme enceinte, ne font plus l'aller-retour Paris-Venise en colis postal, c'est elle-même qui part à l'usine les essayer. Parce que les femmes se les arrachent.

Une journaliste du *Women's Wear Daily* aux États-Unis l'a sacrée dans ses colonnes : « Sonia Rykiel, The Queen of Knits », et le pull-over, si petit, si près du corps, si désiré, si étriqué, le « Poor Boy Sweater » !

Personne ne connaît le désespoir de ma mère, et pourtant on ne cesse de répéter que la « reine du tricot » a enfanté un pull de « pauvre petit garçon »...

En France, les couvertures du journal *ELLE*, les articles du *Nouvel Observateur*, la presse en général encensent d'un même mouvement la nouvelle styliste. Laura est envahie par Sonia, les créations de Sonia, les clientes de Sonia. Plus assez de pulls, de robes et ces fameux tailleurs de jersey si près du corps, introuvables ailleurs parce que inventés ici pour elle, sur elle... Arrivé sans l'avoir jamais imaginé, sans ambition particulière, le succès ranime notre famille anéantie par le chagrin et emporte ma mère vers son destin.

Huit ans plus tard, ils divorcent. Sonia part vivre à Saint- Germain-des-Prés dans un grand appartement avec Jean-Philippe et moi. Sam ne l'abandonne pas, il l'aide à fonder sa société, Sonia Rykiel. Elle déniche une boutique d'antiquaire, au 6, de la rue de Grenelle. Il n'y a pas de prêt-à-porter dans ce quartier-là, que des libraires, des décorateurs et des antiquaires, elle s'en fiche ou plutôt, c'est ce qui lui plaît. L'aventure commence et ce n'est pas un hasard, en Mai 68. À peine inaugurée, la boutique doit refermer. En août enfin, on ouvre. Avec, dans les vitrines, au chevet des robes, des livres. Une robe et un livre, le paradis selon ma mère. Ils sont toujours là...

Au premier étage, son bureau. Une table à tréteaux en chêne massif, toujours dans son antre boulevard Saint-Germain aujourd'hui. Un grand miroir au mur, deux assistantes dans la petite pièce adjacente et, plus tard, un atelier pour réaliser les prototypes au deuxième étage. On communique par le palier de l'immeuble. Comme au temps de Laura, elle disparaît à Venise, dans l'usine de tricot de Guido et Lydia, les mêmes fabricants auxquels elle est restée fidèle, pour créer les pulls 80% laine, 20% angora, qu'elle «essaie» toujours sur elle-même. Pour chaque collection, elle s'installe et dort une semaine à l'usine.

Quelque temps après, Sam arrête définitivement de travailler, on ne parlera bientôt plus de Laura. Il habite depuis leur séparation un petit appartement dans le quatorzième, se découvre de nouveaux amis, se passionne pour la photo, boursicote, va chercher Jean-Philippe à l'école. Il reste tous les soirs dîner à la maison à la table familiale après avoir surveillé les devoirs de son fils. Il surveille aussi Sonia...

Cette boutique mythique, que Sonia a voulu garder dans son jus d'antiquaire, ne désemplit pas. J'entrevois ce que la réussite offre de plus gai et aussi de pire. Les femmes sont folles de désir, elles traversent le magasin de soixante mètres carrés en soutien-gorge, trop impatientes pour attendre dans la cabine d'essayage la vendeuse débordée, fouillent à demi nues dans les rayons, se disputent le dernier pull-over d'une couleur, pas gênées par les voyeurs qui, postés devant les vitrines, se rincent l'œil. Les directrices successives, imbues de leur maigre pouvoir, se pavanent en total look Rykiel, engueulent des vendeuses qui snobent les clientes. Ma mère, souvent assise sur les marches supérieures de l'escalier qui relie directement son bureau à la boutique, observe ce théâtre, attentive à ce qu'elle provoque, et jouit de ce désir qu'elle suscite chez les femmes. Un jour, je la vois descendre les marches et s'approcher d'une belle inconnue qui hésite devant le prix du pull-over qu'elle convoite. Royalement, elle le lui offre.

Elle ne change pas. Une lente mutation s'opère en elle, rien de chirurgical, elle devient fatalement ce qu'elle devait être. Mince, sensuelle, excentrique, grisée par le succès elle découvre le plaisir du travail, et puise dans le plébiscite des femmes la force d'imposer sa différence. Elle devient une femme libre. En quelques années, dans un tourbillon de créativité et de facilité, elle bouscule la mode et ses conventions. Elle bannit les ourlets, retourne les vêtements à l'envers, crée des tailleurs en jersey, invente les tee-shirts et les premiers joggings sophistiqués, puis, la première, offre à toutes les femmes sa mode dans le catalogue des « 3 Suisses »... Rien ne l'arrête puisque tout lui réussit. La bourgeoise vouée à l'ennui devient pionnière, connue et reconnue. Elle divorce de son mari, épouse son époque, révolutionne la mode quand les mœurs font leur révolution.

Elle a aussi compris qu'elle plaît aux hommes et cela lui plaît. La séduction devient son arme de guerre, elle ne s'en privera pas.

J'assiste dans cette boutique aux premières présentations, deux mannequins presque statiques s'exhibent dans le bureau sombre de Sonia, devant quelques acheteurs étrangers.

Puis les premiers défilés, presque des messes, on en célèbre trois, le dimanche à 11 heures, 15 heures, 18 heures, boutique close. Cinq mannequins hiératiques descendent le fameux escalier (elles se changent dans le bureau de Sonia) et déambulent sur la bande-son réalisée par Sam. Il est toujours là, Sam, il mixe avec son ReVox des morceaux des Pink Floyd à la voix de Sonia déclamant du Pablo Neruda.

Sonia se tient comme à son habitude en haut des marches, on ne la voit pas, on la devine, elle est penchée et scrute l'assemblée dans le mur miroir qui tapisse l'escalier. Quand la musique commence, que la première fille démarre, rien ne l'intéresse plus, seulement ce qu'elle lira dans les regards. Elle voit des journalistes et des acheteurs, ceux qui font la mode, pleurer pendant les collections. Les privilégiés sont assis sur des tabourets, les autres debout, collés les uns contre les autres. Agglutinés contre la vitrine, dans la rue de Grenelle, le reste du monde tente d'en être. Ça n'est pas seulement des pull-overs que l'on montre, ni des collections, ni même de la mode. Il s'agit d'autre chose, et c'est là, maintenant, qu'elle devient reine.

7

Nathalie a bientôt vingt ans et la seule chose qu'elle a décidée, c'est de ne pas faire médecine.

Elle avait suivi la route, fait ce qu'il fallait faire, le bac à seize ans et demi avec la mention. Elle voulait décrocher le regard de son père mais elle n'a aucun souvenir de sa réaction après l'examen. Il était certainement content, il a dû la féliciter mais elle ne se rappelle pas ce qu'il a dit, comment il l'a dit, et ça n'a pas dû être suffisant. Elle n'a gardé que son regard quand il était déçu parce qu'il avait l'air tout le temps déçu. Elle ne va pas en plus se punir et passer les dix prochaines années en médecine, ça ne l'attire même pas, c'est le contraire d'une vocation. Ça pourrait même l'effrayer. Alors elle arrête. Tout. Pendant ces trois longues années, il ne lui dit rien, il ne l'ennuie pas, mais quand il la regarde, c'est comme s'il était désolé. Désolé de ce qu'elle ne faisait pas, de ce qu'elle ne devenait pas, désolé pour elle, désolé pour lui.

Après l'école communale de la rue d'Alésia, il y avait eu le lycée François-Villon, porte de Vanves. Merdiques le lycée, l'ambiance, la porte de Vanves aussi, mais c'était l'établissement le plus proche de l'avenue du Général-Leclerc où ils habitaient, elle marchait donc jusqu'à la porte d'Orléans, puis elle prenait le bus, le PC petite ceinture, elle se souvient très bien de ces trajets, pas spécialement longs mais spécialement tristes et solitaires comme si le soleil ne brillait jamais de ce côté-là de Paris. Comme s'il y soufflait tout le temps le vent, comme si elle avait passé son adolescence dans ce bus, dans ce lycée, dans des courants d'air porte de Vanves...

Le jour où elle dit : « Je ne ferai pas médecine », ça n'est même pas la révolution, c'est comme s'il s'y attendait, comme s'il le savait depuis toujours. Elle en a parlé avant avec sa mère, toujours d'accord sa mère, d'accord pour qu'elle ne fasse pas médecine, d'accord pour qu'elle ne fasse rien de spécial, du moment qu'elle restait là auprès d'elle. Peut-être que ce n'est pas vrai mais c'est comme cela qu'elle s'en souvient, et aussi de ce goût amer dans la gorge qui ne la quittait pas. Un film en Super 8, un stage de théâtre, dix-sept ans et des heures le cul sur une chaise en psychothérapie, et puis pas vraiment inactive, responsable d'un magasin d'affiches de cinéma en face du cinéma La Pagode, vendeuse aussi quelques mois au Palimugre, la librairie de Régine Deforges et Jean-Jacques Pauvert. Pendant tout ça, elle tombe amoureuse d'un homme sublime, Jacques, l'amant d'Yves Saint Laurent et l'amour de Karl Lagerfeld. Après un dîner, il l'emmène danser (une fois, mais c'est comme si ça s'était produit dix fois, cent fois) et puis faire le tour de Paris à 5 heures du matin en voiture, en carrosse avec un prince ! Il habite rue du Dragon, elle saigne du nez chaque fois qu'elle passe dans la rue et qu'elle a une chance de l'apercevoir.

Elle est collée à sa mère, c'est le seul endroit où l'on veut bien d'elle. Sa mère est un lieu chaud, rassurant, ailleurs c'est froid et hostile. Et puis, elle plaît aux amis de sa mère. Frédéric Rossif lui dit qu'elle est belle, Gerry Mulligan la fait danser. Pour ses vingt ans, Karl arrive avec Jacques et lui offre une robe en soie peinte à la main pour elle, « Vive l'amour ». C'est sublime mais qui est-elle, une princesse, fille de reine, qui respire au Sept des poppers dans les bras de Jacques de Bascher de Beaumarchais (c'est le nom du prince) ou le vilain petit canard qui a arrêté ses études et flirte péniblement avec Étienne, un musicien baba cool qui préfère les grandes blondes suédoises ? Rien n'est jamais possible, rien n'est jamais pour elle, rien n'est jamais bien, ni à sa place, ni juste, ni heureux. Elle est un magma, elle est posée là, elle ne peut pas bouger, je ne peux plus bouger, magma, c'est le mot.

Et puis, une nuit, vers 3 heures, la femme qui dort avec Sam téléphone, en pleurs. Il s'est évanoui, il ne se réveille pas, les pompiers arrivent.

Dans l'appartement de la rue Émile-Dubois, au 14, il y a cette femme prostrée qui se cache la tête dans ses mains, il y a les pompiers autour du lit de mon père où son corps est allongé, il y a ma mère je ne sais où, et je suis là. On n'a pas réveillé Jean-Philippe. Je demande aux pompiers de sauver mon père – « C'est mon père, je vous en supplie. » On me dit de me taire. De les laisser faire.

Après, on est dans la voiture, on suit l'ambulance du Samu, mon père dans l'ambulance, les sirènes de l'ambulance. Hurlantes.

À l'hôpital, il est branché de partout. Ça dure deux jours et on explique à ma mère que ça ne sert à rien, qu'il faut débrancher.

Papa meurt. Trois mois après, maman me propose de défiler. L'a-t-elle fait pour me sauver ? C'est un mystère, elle ne m'en a rien dit, bien sûr. Ce que nous savons toutes les deux, c'est qu'elle ne m'aurait pas offert ce cadeau s'il était vivant, il n'aurait pas apprécié.

Il est mort maintenant. En quelques semaines je fonds, quatre kilos d'enfance s'évanouissent, je me métamorphose en femme.

Comment faire ? Comment bouger, marcher, tourner, ôter la veste, sourire – ou pas – comment défiler, elle ne me dit rien, ne me donne aucun conseil, aucune leçon ? Comment peut-elle avoir tellement confiance ? Que cela lui soit égal n'est pas envisageable... Il n'y a ni maquilleurs ni coiffeurs, les mannequins se débrouillent seules et je les imite pour apprendre. Assise en tailleur à côté d'elles devant le grand miroir, dans le bureau qui sert de vestiaire, je me fais les yeux noirs...

La première, je descends dans l'arène. C'est moi qui « ouvre » le défilé. Je suis la fille. Je les connais presque tous, les patrons puissants des magasins américains, les journalistes qui font la pluie et le beau temps et je meurs de trac. Fardée, les yeux charbonneux, le teint pâle, la bouche rouge, parfumée, emmitouflée dans mon manteau de mohair fauve, ma jupe de jersey fauve, mon pull en laine et angora fauve, j'entends hurler les chuchotements.

Je suis belle, merde, et mon père ne me voit pas...

8

« On pourrait dire que le début de l'âge adulte n'est pas autre chose que l'adolescence qui s'effiloche... »

Catherine Millet, *Une enfance de rêve*

Tout s'accélère ou peut-être que tout commence, enfin.

Je suis vivante, je rencontre Pierre, il est artiste, peintre, nous nous aimons immédiatement et passionnément, nous nous marions. Il est là quand je défile, il expose ses portraits de moi dans les galeries. Danièle, celle des sœurs de ma mère qui travaillait avec elle, devient costumière de cinéma. Ma mère m'appelle, je la rejoins. Cette fois, c'est sérieux. Chez Rykiel, je défile toujours mais, formée par Danièle, je suis devenue responsable des licences et de la direction commerciale. Le soir, quand je rentre à la maison vers 20 heures, j'arrête ma 2 CV rouge devant l'épicerie de notre rue du quinzième arrondissement. Pierre est encore enfermé dans son atelier. Après dîner, je pose pour lui.

C'est comme cela que je deviens adulte; modèle, muse, éminence grise, bras droit, fille et femme fusionnelle de deux artistes complices. Cela dure cinq ans, le temps de cet amour.

Un dimanche de 1976 (nous défilions toujours le dimanche), la boutique fermée est bourrée à craquer. Assis sur des tabourets de plastique marron, journalistes, acheteurs, amis, se tiennent chaud. Cinq jeunes femmes à la beauté intéressante, les mannequins, descendent l'escalier une à une, parcourent nonchalantes le petit magasin devenu salon, frôlent les invités, remontent, se changent et recommencent. On dirait des actrices, on se croirait au théâtre. À la fin, ma mère descend quelques marches et incline la tête sous les applaudissements, les pleurs, les évanouissements. Je n'exagère pas, certains pleurent, certains s'évanouissent.

Ce dimanche, nous présentons la collection quatre fois. Quatre fois, cinq cents invités en tout environ mais ça ne suffit plus. Il faut se résoudre et rejoindre les autres créateurs, défiler comme eux dans des salles spacieuses mais anonymes. Sonia Rykiel est devenu un business, « pour de vrai ». Invoquer encore le charme irremplaçable de la boutique pour prolonger d'une saison, c'est refuser de grandir. Pierre Bergé, président de la Chambre syndicale, nous invite à rejoindre le calendrier des couturiers et, la prochaine fois, c'est au Palais de Chaillot que nous défilerons.

Nous partons là-bas comme pour une promenade. On étoffe le nombre de mannequins, on accessoirise généreusement, on prolonge la bande-son... bref, on en rajoute un peu. Mais ça n'en finit plus. Douze mannequins, pour habiter ce podium de vingt-cinq mètres de long, cela reste insuffisant, et le défilé s'éternise dans un silence glacial qui ne renvoie aucun écho aux poèmes que ma mère continue de déclamer.

C'était mon second passage je crois, je me souviens de cette robe bleue, du béret bleu assorti sur ma tête, de cette consternation lourde et humiliante dans la salle, je me souviens qu'après les premiers pas je me suis mise à courir soudainement sur le podium, n'importe quoi pour accélérer, se sauver, sauver ma mère. Que ça finisse, qu'on en finisse. Même ce vieux souvenir ramène encore le goût du ridicule, du pitoyable, du lamentable.

En changeant d'échelle, c'est tout l'ensemble bien sûr qu'il aurait fallu repenser.

Des flopées de mannequins, plus grandes, plus longues, plus fines, dont la démarche sur trente mètres de longueur de podium sera primordiale. Des vêtements aux proportions exagérées ou alors multipliés en quantité. Des groupes de filles. Des séquences musicales. Des effets d'éclairage : noir, lumière, poursuites. Un décor. Une musique. Une mise en scène. Je ne veux plus porter le vêtement, je veux qu'il vive. Et raconter une histoire, et offrir une émotion.

Je veux inventer un écrin, pour que cette mode dont on ne sentira plus le parfum, dont on n'effleurera plus les étoffes et que l'on jugera depuis des gradins, séduise autrement.

Je ne défilerai plus jamais. Je retourne à mes premières amours, la mise en scène. J'auditionne, j'éclaire, je séquence, je chorégraphie, je répète. Passionnément...

9

« La mode meurt jeune, c'est ce qui fait sa légèreté si grave. »

Jean Cocteau, *Le Grand Écart*

Deux fois par an, en octobre et en mars, les saisons scandent le tempo des collections. Un mois avant la présentation, la Maison shootée à l'adrénaline est en effervescence. Pendant que les stylistes, mannequins, coiffeurs, maquilleurs, petites mains intérimaires envahissent les lieux, le service de presse se plonge dans le *sitting* des invités, les fabricants interrompent la chaîne de production pour contribuer à l'élaboration des prototypes, les retouches des clientes sont retardées dans les boutiques parce qu'on « dépanne » l'atelier de création, les commerciaux prospectent et jonglent avec les rendez-vous des clients, les secrétariats dédouanent les colis de prototypes ou les tissus bloqués aux frontières, les ressources humaines négocient avec l'inspection du travail l'autorisation d'employer des mannequins mineures et, pour les salariés, d'effectuer des heures supplémentaires. Et n'importe quel stagiaire du bureau de style croisé dans l'ascenseur un vêtement épinglé entre les mains semble épuisé mais côtoyer les dieux.

Au studio, pas d'horaires, plus de week-end. Les repas en commun, les « gâteaux Marie », réconfort de l'après-midi, les essayages qui se prolongent, les nocturnes... Quatre heures à étudier le tombé d'un vêtement sur la mannequin cabine qui se tient droite, immobile devant le miroir, évoluant si on le lui demande de long en large, prenant des poses, ne bronchant pas, ne montrant aucun signe de fatigue, jusqu'à ce qu'on trouve ça « juste ». Et le lendemain, souvent, tout recommencer. Ballet de stylistes et d'assistants, on pourrait applaudir une chorégraphie d'enfants jouant à la poupée, épinglant, ajustant, décorant la fille longiligne de ceintures, de broches, de nœuds, de talons hauts, bas, puis hauts encore, puis dorés, puis argentés, avec collants – si on enlevait les collants ? – essais de coiffure, de maquillage, sous l'œil du créateur qui aime, ou pas, ou ne sait pas. Jusqu'au dernier moment, jusqu'à la dernière heure, jusqu'au podium, en coulisses encore...

Il y a le Mot de la saison : c'est juste – c'est moderne – c'est gala – c'est chic – c'est bien – c'est fou... On respire quand le Mot est enfin lâché par le créateur ou par ses assistants (mais eux seulement à la forme interrogative) car le Mot valide définitivement le passage, on n'y reviendra plus. Ensuite, on prend un Polaroid qu'on punaise sur le « tableau », c'est le signal pour la mannequin de se changer, pour l'équipe qu'on va se concentrer sur le prochain look. Mais attention à ne plus le prononcer la saison suivante, le Mot, il a sa date de péremption, enterré le jour du défilé. Oui, même les mots se démodent dans la mode ! Le lendemain, *no time for spleen*, à peine les critiques lues, le calendrier l'exige, il faut forcer l'inspiration. Salons de tissus, gammes de couleurs, croquis pour l'atelier... On ne voudra plus que ce soit fou, fou c'est *out*, *out* c'est fini aussi, dépassé, il faudra que ce soit dément, ou dingue, pour trouver l'énergie de se remettre à l'ouvrage.

Pendant ce temps, derrière la robe, une maison entière respire, se prépare, se fait belle. Tout y est : lumières, musiques, fleurs, champagne, chauffeurs, invités, cadeaux, célébrités, photographes. Comment s'étonner que la mode soit à la mode ? Elle n'est jamais ennuyeuse. Comme une geisha qui sait divertir son public, ne jamais le lasser, elle pousse jusqu'à se suicider tous les six mois dans les soldes. Quel théâtre, quelle saison ! La suicidée de la beauté, comment ne pas la guetter, s'émouvoir de son toupet, pardonner ses excès ?

À l'écart dans le studio tapissé de miroirs, la femme Rykiel s'étoffe de saisons en saisons. Ma mère au centre, immuable, reine des abeilles, est assise sur son fauteuil. Et mon siège à sa droite m'attend lorsque je m'absente vers d'autres obligations.

La rue de Grenelle est loin, le Palais de Chaillot aussi. Je sais où est ma vie maintenant, c'est là certainement, au cœur de ce studio où les vêtements prennent les couleurs de mes désirs, de mes amours, de mes chagrins, où les défilés deviennent des spectacles en un acte que j'imagine et mets en scène. Là que, des coulisses, j'insuffle ma force aux mannequins, là que le cinéma reviendra me chercher, sans que jamais je ne parte, puisque Robert Altman y puisera l'inspiration de son film *Prêt-à-porter* et me proposera de travailler avec lui. Là, sur ce podium, que Dalida se moque, *Paroles Paroles*, que Colette Renard se « fait chatouiller le bijou », que Johnny hurle *Que je t'aime* aux mannequins, aux actrices, aux femmes ? On ne sait plus – parlant, chantant, jouant, en danseuse à bicyclette, photographiant les spectateurs, fumant le cigare, entraînant des photographes sur scène ou évoluant au ralenti, s'embrassant à pleines bouches ou rejouant une scène de *La Nuit américaine*, mon Truffaut préféré...

La femme dessinée par ma mère ne cessera plus jamais d'être une femme vivante, habitée par ses émotions, ses vêtements à même la peau et ses sacs en bandoulière. Les finals sont les points d'orgue des défilés, odes de complicité, de gaieté, de délire qui fardent et escortent à tout jamais la femme Rykiel en marche, entraînée par ma mère qui salue d'un aller et retour complet sur le podium sous les applaudissements.

Un jour de mars 1980, au moment de sortir sur scène, elle m'attrape la main et m'entraîne avec elle.

10

« Tout d'un coup, il m'est devenu indifférent de ne pas être moderne. »

Roland Barthes, *Journal*

La rue de Grenelle et les barricades ont trente ans et, si Sonia n'a jamais été aussi célèbre, Rykiel s'est peu renouvelée. Ma mère manie toujours la maille, les jerseys, le crêpe, le velours éponge avec volupté ; elle a inventé un style, ce qui est plus difficile qu'une mode, réussissant le tour de force de faire revenir ses clientes tous les six mois malgré des vêtements indémodables. Mais la belle s'est assoupie.

Sonia (sa démarche, son allure, sa coiffure, sa rousseur) est une rock star de l'époque, pourtant sa cliente est lentement devenue une bourgeoise presque conventionnelle. Que s'est-il passé ? Les requêtes répétitives du commerce ferré aux performances, les éternels matériaux employés par ma mère qui ont fini par lasser, les fidèles clientes qui se sont accaparé la marque avec affection mais qui ont « pris » trente ans ?

Ces femmes de la première heure, rykiellisées de la tête aux pieds, jusqu'aux dessous qui n'existent pas et qu'on imagine pourtant là, au plus près de leur chair, collés à leur peau, ont accompagné ma mère comme un cénacle, véritable réseau social avant l'heure d'Internet. Certaines sont devenues des clones de Sonia croisées au Flore, total look Rykiel, cheveux roux, franges, chapeautées de noir, faisant vivre la marque sous la caricature. Qui veut leur ressembler ? Certainement pas leurs filles. Les jeunes femmes que je rencontre, admiratives, me décrivent respectueusement un univers qui est celui de leur mère et qui vieillit avec elles. La marque se meurt...

Nous sommes en 1998 et, pour célébrer trente ans de mode, je donne le coup d'envoi d'un spectaculaire défilé à la Bibliothèque nationale de France qui nous ouvre ses portes avant son inauguration officielle. Cent mannequins stars, cent passages uniques, je demande à ma mère de se lâcher, d'oublier toute contrainte et chaque femme est une excentrique, une déjantée, une Sonia qui déambule de sa démarche chaloupée le long d'un boulevard littéraire de mille mètres de long, baigné de lumière du jour. Bande-son mêlant les voix de Daniel Cohn-Bendit et d'Édith Piaf, les clameurs des barricades de Mai 68 rejoignent celles du public, *standing ovation*. Elle est revenue, elle est vivante, cette femme Rykiel qu'on aime tant, cette femme libre qui ne ressemble à aucune autre, elle a secoué la bourgeoise qui allait avoir sa peau. C'est un triomphe. La presse est dithyrambique.

Mais le nouveau millénaire approche, le climat d'instabilité est perceptible, ce changement de siècle inquiète. Il y a comme un désir de confort, un besoin de sécurité chez les femmes et je décide de rééditer des pièces d'archives sous le label « Rykiel/Modern Vintage ».

Quand, en l'an 2000, le photographe Tyen me suggère d'incarner la campagne de publicité de notre futur parfum « Rykiel Rose », je suis flattée. Le portrait noir et blanc de Tyen est magnifique et cette opportunité peut me permettre d'étoffer d'une autre femme, plus jeune, l'incarnation de la marque.

J'ai quarante ans et je sais enfin à quoi je vais servir. Alors que dorénavant les maisons de mode françaises appartiennent presque toutes à des groupes financiers et s'offrent des égéries pour les représenter, je vais incarner la transmission de la maison familiale. Jouer l'authenticité de notre identité, c'est assumer notre vraie richesse face à ces concurrents surpuissants mais interchangeables. La visionnaire Ingrid Sischy, rédactrice en chef d'*Interview Magazine*, que je consulte à New York est enthousiaste, elle me somme d'inscrire mon nom en capitales sous la photo du parfum, de gommer cette inquiétude que je lui ai confiée : gêner ma mère.

L'histoire familiale séduit les journalistes qui multiplient les interviews. Rykiel avance sans se trahir ni ressembler aux autres, cela force le respect. Ma photo est partout, affiches publicitaires géantes dans les villes de France et à l'étranger, portraits dans les magazines, une nouvelle femme Rykiel est là, elle ne remplace pas l'autre puisqu'elle la prolonge. Ma mère et mon mari s'amusent de cette nouvelle donne dans l'équilibre des pouvoirs avant de s'en inquiéter.

Dans ce jeu de famille, je tire la carte de ma tante. Danièle, après son passage dans le cinéma, est revenue parmi nous pour diriger les accessoires. C'est cette année-là qu'elle crée une merveille de cuir noir clouté qui fera le tour du monde, le sac Domino, premier *it bag* Rykiel.

En 2002, j'inaugure Rykiel Woman, une boutique scandaleuse et joyeuse qui propose aux femmes vêtements, cadeaux et, dans sa cave germanopratine du 4, rue de Grenelle, godemichés et vibromasseurs. Le retentissement est mondial. Sociologues et sexologues applaudissent une avancée pour les mœurs et la libération des femmes.

Un point à l'endroit, un point à l'envers, la marque a retricoté sa pelote, elle est redevenue celle que l'on aime, pionnière, impertinente, libre, féminine, sophistiquée. Fidèle en tout point à ses racines, à ses valeurs. Fidèle à Sonia. Et à Nathalie, maintenant.

Les petites-filles des clientes de la première heure ont quinze ou vingt ans, elles empruntent les pulls vintage de leurs grand-mères, se font offrir un sac Domino ou s'achètent un sextoy en rougissant, et leurs mères veulent leur ressembler ! Trois générations de femmes s'affichent gaiement dans l'univers Rykiel...

11

« Heureuse ! Est-il un état plus indéfinissable ? Ou alors, pour s'en sortir avec aisance, on peut dire comme Eddie que le bonheur consiste à concilier la vie qu'on a et celle qu'on rêverait avoir (j'ai souvent l'impression qu'il veut dire l'inverse). »

Sylvia Plath, *Journaux*

Et je rêvais de ça. Je n'en rêvais pas – que cela se réalise était impensable – disons que c'était une chimère de jeune fille.

Un homme beau, intelligent, chic, avec de l'allure, des valeurs, de la classe, un mari, un père en puissance, qui frôlerait la perfection s'il était juif, anglais (je voulais des enfants bilingues), s'il rejoignait l'affaire de famille ! Je n'imaginais pas le futur aussi précisément bien sûr, en réalité je redoutais un avenir solitaire et pourtant j'ai vécu avec un homme qui semblait sorti d'un film écrit pour moi, un homme qui ressemblait à une star de cinéma, un homme qui est devenu mon mari, le père de mes enfants et mon partenaire de travail. Pendant vingt ans, ma vie s'est calquée sur ce rêve.

Tu remontais à pied la rue des Saints-Pères, ma mère conduisait (c'était avant la maladie et les chauffeurs), nous revenions d'un rendez-vous, et toi tu es là, sublime apparition qui arpente la rue. Ma mère me dit : « Regarde, c'est Simon ! » – et elle freine. Elle a dû penser : « Simon, quelle aubaine ! » (Simon, le fils de Joan et Sidney Burstein, propriétaires de la boutique Browns à Londres, qui diffuse Sonia Rykiel depuis les débuts, Simon qui travaille avec ses parents [!], Simon qui m'a vue défiler... Je divorçais de Pierre, j'étais démoralisée, je soûlais ma mère certainement, et voici l'élégant Simon qui apparaît rue des Saints-Pères, mettez-vous à sa place, elle freine plutôt brutalement !) Tu m'as invitée à déjeuner. Tu venais de divorcer et tu étais venu t'installer à Paris pour six mois, pas davantage. Je t'ai voulu et tu m'as bien voulue. Je t'ai eu (j'ai eu ton amour, tout ce que tu pouvais me donner) et puis après j'en ai chié pour te garder.

12

« Un coup de marketing génial », c'est ce qu'ils ont dit. Tant mieux, j'aime les compliments. Ils ont dit aussi que je m'étais fait un prénom et ils ont dit mon prénom. Et puis, ils ont dit que mes dents rayaient le plancher, que je voulais sa place, que nous étions rivales, qu'elle ne me laisserait jamais exister, qu'elle revendiquerait tout, qu'elle était monstrueuse. Les années qui ont suivi ont été difficiles. Le prix du succès ? Je l'ai payé. Cher.

Ma mère ne voulait pas partager sa gloire. Pourtant, mes succès la grandissaient puisque je brodais avec le même fil, sur le même canevas, à l'intérieur de son ventre laineux, dans son nom même. Je n'inventais rien, je continuais, comme elle me le rappelait fréquemment. Cette histoire, au fond, n'était pas la mienne, c'était la sienne, je ne devrais pas me l'approprier trop. Mais, ce nom déclamé au standard, exposé aux devantures, érigé en logo, c'était aussi le mien, cette femme à qui ma mère avait donné vie, c'était bien moi, ni tout à fait la même ni tout à fait une autre, c'était mon sang qui coulait dans les artères du boulevard Saint-Germain, c'était ma musique qui rythmait les saisons, c'était ma vision qui s'étalait sur les images, c'étaient mes poumons qui insufflaient l'air dans la Maison… À qui était donc ma vie ?

Qui n'avait pas coupé ce cordon de laine ? Mais aussi qui m'avait sauvée de ce spleen adolescent qui m'aurait embarquée vers la folie ? Qui m'avait toujours emmenée partout avec elle, protégée du désespoir quand j'entendais des voix – que je voyais des trous noirs – que j'avais mal à la tête – que je délirais de fièvre – et que mon père ne se consacrait qu'à mon frère ? Et qui m'avait laissée, des heures et des heures, la contempler, au plus fort de mon spleen, prostrée dans un coin de son antre, rue de Grenelle ?

Je ne l'avais pas choisie, cette vie, j'étais restée dans ses entrailles germanopratines, j'avais poussé sans m'envoler et, vingt ans plus tard, c'était devenu moi, sans jamais être à moi.

C'est là, creusant et fouillant sans relâche, que je crois m'atteindre enfin, sans être consciente que j'emprunte le même chemin qu'elle, que je calque ma vie sur la sienne.

Moi non plus, je ne voulais pas faire de mode, ça s'est fait par hasard, sans vocation – moi aussi, je travaille en famille – moi aussi, je crée mes premiers modèles enceinte de ma première fille – moi aussi, j'ai quarante ans quand on me connaît – moi aussi, on me dit pionnière – moi aussi, je divorcerai.

Et moi aussi, solitaire, je continuerai...

13

Toi non plus, tu n'as pas supporté. Il y avait déjà ta mère (Mrs B., une reine en Angleterre), ta belle-mère (tu savais bien qui elle était), mais ta femme soudainement sur les affiches, dans les journaux, ce n'était pas au programme. Tu n'as pas supporté. L'aimais-tu suffisamment pour accepter qu'elle s'épanouisse ?

Tu étais fier, très fier d'elle, mais pas assez content de toi peut-être et jaloux de ses succès, tu le lui avouais, tu n'avais pas honte.

Tu dirigeais Rykiel, tu étais le vice-président, nous étions trois, chacun son domaine et c'était bien, jusque-là...

Simon est son mari et le père de ses trois filles. Il lui a plu au premier instant, elle est tombée amoureuse et il est resté à Paris. Il venait de divorcer. Un an plus tard, elle est enceinte. À la demande de Sonia, il rejoint l'affaire. Et voilà leur vie, tricotée serrée : la trame fabriquée de leurs trois filles et de leurs deux familles des deux côtés de la Manche entrelace la chaîne de Saint-Germain-des-Prés à Alésia, des murs de Sonia Rykiel au toit de leur maison. L'armure est solide, la texture douce, l'avenir soyeux.

Cette étoffe inusable se troue. C'est une sale mite ou une maille insidieuse qui s'est défilée, discrètement. Peut-être, quand elle posait pour les photographes, quand elle répondait aux interviews, quand les succès l'ont réveillée et lui ont révélé dans le regard des autres qu'elle pouvait aussi être elle, avec l'excuse de cet impératif de renouveau pour la marque...

Certaine de ne pas devenir une autre, de s'être simplement engagée enfin sur ce chemin qui vous mène à vous, marchant vers l'acmé d'une vie qu'elle croit comblée, fille, mère, épouse, protégée de tout et de tous.

Et puis l'histoire de ta femme d'avant qui t'avait abandonné à tout jamais et qui réapparaît aussitôt qu'elle apprend notre idylle, j'y ai eu droit. J'ai eu ce fantôme dans ma vie, cette femme dont je n'ai jamais vu le visage, même l'album de votre mariage avait disparu, cette femme au prénom menaçant, cette femme que tu n'as pas éliminée, éradiquée pour moi, jamais. Cette femme qui habitait loin ailleurs, mais la distance n'existe pas dans les sentiments tu sais. Tu devais y penser souvent ? Elle est revenue, cette femme invisible, quand on a commencé à voir ta femme partout...

Alors ceux qu'elle aime, ceux qu'elle aime le plus se sentent lésés, quand elle devient enfin elle ? Sa mère s'accommode douloureusement de cette fille devenue rivale à ses yeux, son mari s'échappe de plus en plus souvent vers l'Angleterre, loin ailleurs, et aussi vers d'autres femmes invisibles...

Coup de poignard. Le tissu se déchire.

Un soir de septembre, été indien, il fait si doux, on inaugure une idée à elle « Quoi de neuf ? », un rendez-vous culturel de la rentrée parisienne, un parcours fléché sur les trottoirs de la rue de Grenelle à la rue des Saints-Pères, une rencontre d'artistes qui dévoilent leurs projets dans les vitrines et les magasins Rykiel, en même temps, on lève le voile sur la nouvelle collection. La foule est joyeuse. Et on le voit errer, hagard, dans Saint-Germain-des-Prés et on la voit perdre cinq kilos et leurs trois filles sont dévastées.

Se parler, assister aux mêmes réunions, travailler, rien n'est plus possible désormais... Il part, il retourne définitivement à Londres.

Et on se déchaîne sur elle. On raconte n'importe quoi. Qu'elle l'a chassé, jeté, renvoyé. Que la reine des sextoys se satisfait seule... Pas besoin d'homme. Que la toute-puissance féminine a éliminé le mâle ! La vérité, elle et lui la connaissent, encore que chacun la sienne, et cela suffit. La vérité c'est aussi qu'on ne pardonne rien aux femmes de pouvoir. Il y avait le prix du succès, maintenant, c'est celui du pouvoir.

Chez Rykiel, inquiétudes, ragots, commérages, se déversent sur leurs aventures. Avant, sa mère rassurait, mais la présence maternelle fondatrice est devenue rare et fragile, et ça se sait. Lui faisait figure de patron. Elle, malgré le travail, les succès, n'est toujours que la fille, elle le constate.

Tout s'écroule. Sa mère est malade, son mari parti, ses filles malheureuses et l'affaire repose maintenant sur elle.

D'un jour à l'autre, elle est seule.

14

Elle n'a plus de larmes, elle a trop pleuré elle ne pleurera plus jamais. Aucun fluide en elle, rien ne coule ni ne glisse, elle est sèche, maigre, vissée de l'intérieur. Elle est une masse compacte, rétractée sur elle-même. Elle est une pierre. Elle est redevenue l'enfant triste, l'adolescente perdue, elle est la femme hagarde, elle est celle qu'elle croyait avoir enterrée.

Démasquée. Plus personne derrière qui se cacher. Fini le confort. Prendre cette place, celle de sa mère, celle de son mari, celles dont elle ne voulait pas. Peur.

Elle a peur. Dedans, ça serre le ventre. Dehors, c'est les mâchoires. Dedans, l'effroi l'habite, de ne pas être capable, de ne pas y arriver. C'est cette insécurité d'abord qu'elle doit combattre. Dehors, c'est les autres qu'il faut guider, ils dépendent d'elle maintenant. Elle n'a plus le choix. La vie bascule, c'est le chaos qui cogne aux parois de son être et elle n'en doit rien laisser paraître. Elle se lève le matin sans se poser de questions, elle avance, masque les angoisses, affronte les démons, les siens et les autres, tous pareillement menaçants. Elle se couche le soir épuisée et dort, ou ne dort pas. Et tout cela ne concerne plus qu'elle.

Il faut se battre. Elle deviendra guerrière. Elle a maigri, acérée, creusée, à vif, seule, elle n'a jamais été aussi forte et puissante et belle aussi dans cette tension. Elle parle, elle rassemble, elle fédère, elle convainc. Ce n'est pas quarante mannequins qu'elle lance maintenant sur un podium, c'est une armée de quatre cents hommes et femmes déterminés, qui se battront à ses côtés, une armée pour que, avec elle, vive Rykiel.

II

Écrire

15

Où étaient passées ces bobines ? Je les avais cherchés longtemps et partout, ces témoignages paternels, sans jamais les trouver. Au bureau, dans ma chambre de jeune fille, les recoins d'appartement, les fonds de tiroirs, les malles de photos, les boîtes à chaussures... Mon père et son Leica, mon père et sa caméra 8 mm, mon père, ses planches contact, son projecteur, son écran... Puis, l'autre jour, j'ouvre le placard de mon bureau et elles sont là, ces connes, en vrac dans un vieux sac ouvert. Je ne comprends pas, je suis certaine d'avoir fouillé partout, à plusieurs reprises au fil des années, dans ce placard aussi évidemment. Je l'ouvre et elles sont là, elles ont toujours été là ! Invraisemblable. Je me dis : il n'y a sûrement rien dedans, elles ne sont même pas étiquetées, elles seront vierges ou périmées et, pour m'en assurer, j'appelle mon cousin. Le lendemain, Éric me dit : il y a des images, cinq films, tu verras. Il transcode les films dans un format DVD.

Maintenant je regarde.

16

Une adolescente. Mignonne, souriante, ne lui ressemble pas. Non, rien à voir avec celle agglutinée à moi, visqueuse de solitude, baveuse de tristesse, pliée, collée dans le tapis de ma mémoire : la familière, celle que je connais bien, la moche, le cheveu plat et gras, sans amis, sans amoureux. Et ces bourrelets, ces couches de gras haïes, empêcheuses de s'aimer.

Je m'approche, je me penche, pas de bourrelets sur le corps de l'adolescente. Nulle part. Ni sur ses cuisses. Ni sur son ventre. J'écarquille les yeux, j'accommode, l'image est nette. C'est bien elle, c'est donc moi. Je connais ce chemisier à fleurs, je me souviens de la tiédeur de ce jean en faux daim moulant au zip toujours coincé, de ces bottes noires en caoutchouc. Et ce jardin de

4 décembre

Combs-la-Ville dans la maison de ma grand-mère, je me souviens…

Il y a quarante-cinq années de cela, c'est bien moi. C'est bien lui : mon père qui filme avec sa caméra.

17

C'est ainsi, les yeux fixés sur l'adolescente, qu'elle se remet à écrire. Enfant déjà, elle tenait un journal.

Par moments, elle sent les mots vaciller, comme une note de musique mal accrochée à sa portée, qui s'agrippe, qui perd la clef. Elle a peur que ça ne recommence… Cette peur – la ligne brisée et les mots fades – qui l'incite à renoncer…

Elle a dit qu'elle ne se reconnaissait pas et elle a menti, dès la première bobine.

18

Se voit à dix, douze ans, dans d'autres jardins. Bois de Boulogne, parc Montsouris, parc de Saint-Cloud (on allait aussi au Jardin d'Acclimatation avec le petit train depuis la porte Maillot mais de cela il n'y a pas d'images). Se voit chevaucher à cru en Camargue, Jean-Philippe aussi. Se voit skier à la montagne, Jean-Philippe aussi.

Balade aux puces de Saint-Ouen un dimanche matin, ce genre de promenade c'était le dimanche matin. Maman porte un manteau en laine jacquard avec un col de fourrure noir, un pantalon de jersey noir. La frange, l'allure. Elle s'arrête devant un plateau en chêne et métal argenté, il lui plaît, lui plairait encore aujourd'hui, ce goût du bois et de l'argenterie. Jean-Philippe palpe délicatement les touches d'une machine à écrire ancienne. Ça tremble un peu, papa m'a prêté sa caméra, il m'apprend à filmer. Il fait l'acteur, en rajoute une tonne, il apprécie une commode, la contourne, écarte les bras pour estimer sa taille, puis hoche la tête pour singer l'acheteur qui renonce. J'accumule plans, contre-plans, zooms...

Un truc fou. Jean-Philippe à trottinette, quoi de plus déséquilibrant qu'une trottinette, mais il sourit et, quand il tombe, maman le rattrape.

Une promenade en forêt, je n'en suis pas, avec mon oncle, ma tante et leur fils Mathieu, deux ans de moins que Jean-Philippe, qui ouvre la marche. Ils guident mon frère, lui parlent constamment mais le laissent se débrouiller, écarter une branche, trébucher sur une pierre. Le film est muet mais je vois distinctement ma tante Françoise décrire à Jean-Philippe le paysage, la rivière qui coule à leurs pieds, et lui saisir la main pour la tremper dans l'eau.

Il y a l'été et les films de l'été. Les couleurs changent, les peaux sont bronzées, celles de maman et de Jean-Philippe constellées de taches de rousseur, on allait là où il fait chaud, on aimait que le soleil brûle, dans le Sud, en

Turquie, sur des bateaux. Elle porte un haut de maillot de bain, genre brassière avec un lien qu'elle noue au milieu des seins, un pantalon taille basse large et court et, dessous, un short assorti. L'atelier lui coupe chaque été ses immuables ensembles de plage dans des cotonnades fleuries. Elle se balade avec un grand cabas suspendu à l'épaule et les pieds nus.

Un petit déjeuner sur une terrasse au soleil, des amis, une somptueuse maison, on voit la mer...

Une soirée dans une maison louée à Saint-Tropez par deux couples amis, mes parents et ceux de Franck et Laurence. Il fait nuit noire, les bougies dans le grand jardin n'éclairent rien, elles invitent à flirter. Il y a des couples qui se promènent, d'autres qui dansent, des verres, des bouteilles qui traînent. Je ne dors pas, je me relève, je réveille Laurence. On se faufile, on marche à quatre pattes tout de même, pas envie d'être repérées. L'orchestre sur la terrasse, ces quatre types chevelus sur l'image, les Soft Machine, papa m'a dit qu'ils commencent à être connus, je suis curieuse, je les dévisage, il y a des jolies femmes autour d'eux mais rien à voir avec tout à l'heure, quand maman est venue dans notre chambre avec Brigitte Bardot, elle était là, en vrai, elle m'a embrassée et m'a souhaité bonne nuit, à Jean-Philippe aussi. Elle sentait bon, elle avait la même voix que dans les films, douce et chantante, c'était magique, j'étais contente que maman l'amène jusqu'à nous. Elle a dû se dire : ils s'en souviendront toute leur vie – elle avait raison.

19

« En regardant en arrière, dans ces débordantes rêveries des premières nuits postopératoires, j'étais aussi près d'être le double de ma propre mère en train de m'allaiter que, pendant les heures d'anxiété et d'incertitude la veille du pontage, j'en étais venu à me sentir transposé, interchangeable avec mon père défaillant... J'étais une famille de quatre personnes. »

Philip Roth, *Patrimoine*

Le corps me brûle de ces images, la tête me cogne.

Elle pilote son frère de la voix pour qu'il s'oriente, qu'il se dirige bien précisément dans sa direction. L'écho, la vibration qui renvoie le son et indique un obstacle, la concentration, les aiguilles de l'horloge « tourne à trois heures, tout droit à midi, à sept heures maintenant », l'ouest, le nord, le sud et l'est, tous les repères de son frère sont devenus les points cardinaux de son enfance.

Je me détourne, le corps me brûle et la tête me cogne.

La sœur, je la regarde, elle fait bien la grande sœur, elle le chatouille, il lui tire les cheveux. Elle est mignonne, souriante, patiente avec lui, c'est long, ses sons, ses instruments. Tout commenter, tout lui expliquer, avec ses boucles blondes et ses yeux vagues, ses pantalons en velours côtelé et ses pulls shetland l'hiver, ses tee-shirts et ses bermudas l'été. Et cette façon qu'il a de se balancer d'avant en arrière tout le temps. On voit tout ça sur l'écran et qu'il est craquant, élégant.

Mais que dire d'elle, où est son charme, bermuda beige, chemisette imprimée, brune, coupe au carré, frange, elle est gentille quand elle décortique les écorces de marron pour que son frère ne se blesse pas avec les épines, quand elle l'aide à grimper aux arbres, quand elle le pousse sur la balançoire et quand c'est son tour à lui de la pousser sur la balançoire, elle fait attention, elle ne va pas trop haut.

Je regarde l'écran. Je suis la mère de mon frère.

Mon petit frère blond, adorable, qui ne voit rien. Je ne veux qu'être mère de cet enfant sur l'écran, et le chérir et l'aider et le protéger. Et pleurer, j'ai envie de pleurer, c'est maintenant que j'en ai envie.

Je regarde l'écran. Je suis la mère de mon frère.

La mère de mon petit frère d'hier, la sœur de l'homme aujourd'hui. Et la mère de ma mère. Et de mes filles aussi, la mère. Je suis famille.

Et je suis étourdie devant cet enfant. Et devant sa sœur. Comment est-on la mère et le père d'un autre enfant que celui qui est blessé.

J'étais la sœur aînée gentille et jalouse, il était le cœur et les larmes et la joie et la fierté aussi dans cette famille.

Une famille. Une famille entière blessée, solidaire, joyeuse, russe roumaine polonaise française, une famille avec un chagrin et sans pitié pour ceux qui la plaignent. Une famille la tête haute. Et le désir pour chacun dans la grande famille d'être utile et l'enjeu que cela représente d'être à la hauteur. Être à la hauteur de la décision et du courage de Sam et de Sonia, c'est rendre tout possible pour Jean-Philippe.

Une famille, amours, envies, jalousies. Magnifiques, Sonia l'aînée des cinq sœurs, puis Nathalie, l'aînée des petits-enfants et les autres cousins qui suivent, c'est gai, on chante le week-end chez ma grand-mère et puis, tragédie. Quatre, cinq ans après seulement, Sonia triomphe avec ses pulls de «pauvre petit garçon», elle exorcise le noir comme couleur écrin pour les femmes – surtout pas deuil – dira-t-elle. Et Sam se consacre à Jean-Philippe. Et Sonia qui a tout réussi a le culot de divorcer de cet homme, son mari qui ne supporte plus qu'elle le trompe. Mais qui aura toujours sa place à la maison et son couvert à table. Et qui sera là tous les jours et qui dînera là tous les soirs, parce qu'il faut surveiller les études de Jean-Philippe, parce qu'il est toujours amoureux d'elle... Le culot, la liberté et le courage de ma mère. De ma mère migraineuse, de mon père migraineux.

4 décembre

Comment la mère a-t-elle supporté de le laisser partir le matin, le petit prince à la canne blanche, avec les travaux, les marteaux-piqueurs dans les rues les avenues les boulevards à traverser. Les bouches d'égout, s'il y en avait une mal fermée, ouverte aujourd'hui sur le chemin ? Et lui, le père qui s'acharne à modifier tout ce qui est dangereux, qui rend tout accessible, cheval, ski, patin à glace, à roulettes aussi, études à Victor-Duruy, partir à l'étranger pourquoi pas, comme les autres.

Le père, un matin, qui dit : « Va, prends ta canne blanche, va, tu sauras, je t'ai assez montré maintenant », et qui le suit de loin sans dire qu'il est là, dans le bus, comme j'ai suivi mes filles la première fois qu'elles sont allées à l'école seules. Je tremblais, comme tout le monde, comme tous les autres parents, je tremblais qu'il leur arrive quelque chose, et pourtant elles avaient leurs yeux qui voyaient.

Ils étaient beaux, ils étaient fiers, tous les admiraient, ils étaient admirables, il n'y a rien d'autre à dire. Tous, tout le monde, toute mon enfance, tout le temps, et après aussi.

20

Je souffre, tout me fait souffrir, c'est une douleur physique, ma tête cogne, je me rétracte, une usurpatrice, une sans talent, petite fille ne sera jamais grande, jamais seule, jamais suffisante. Les murs s'approchent et m'écrasent comme quand, enfant, je délirais lors des montées de fièvre et imaginais les conciliabules entre mon père et le médecin chuchotant près de la fenêtre de ma chambre pour que je n'entende pas. Je m'en foutais d'entendre, ce qui me plaisait, c'était qu'ils s'inquiètent de moi, ma mère attendant au salon. Absurde, ma mère au salon, elle était certainement dans la chambre aussi, attendant quoi au salon ? Que je meure, peut-être ? Quarante et un et sept dixièmes, je montais haut et si je mourais, ils s'écrouleraient, c'était sûr, ils mourraient aussi, de chagrin. Leur vie s'arrêterait, en tout cas. J'y pensais souvent, enfant, j'en étais sûre, que leur vie, surtout celle de ma mère, s'arrêterait si je mourais. Ça me consolait.

21

Et elle a grandi dans cette vie. Son mari a travaillé avec elle, ses amis montaient assister aux essayages, sa famille n'a jamais raté une collection, ses trois filles ont défilé.

22

Je reprends où j'ai laissé. Point final, à la ligne. Dans ce que l'on vient de créer, il y a toujours le commencement de ce qui va suivre. C'est ma mère qui m'a appris cela, la regardant démarrer une nouvelle collection, elle cherchait son point de départ dans la dernière, réussie ou ratée, c'était pareil. Je l'ai regardée faire, aujourd'hui, je fais. Faire, un verbe magnifique mais un mot banal, à ne pas utiliser, surtout dans les pages d'un livre. Ça annonce la pauvreté du vocabulaire, le niveau zéro de la langue, tout ce qu'on espère d'une femme de mode qui ose écrire et continuer d'écrire.

« Une espèce d'insatisfaction d'être me prend à la fin du jour et alors, j'ai envie de peindre. Lorsque je peins, je suis poussé par certaines choses que je n'essaie pas d'analyser. Je sais qu'il faut que je fasse ça : je le fais. C'est une sorte de pulsion qui vient d'une nécessité profonde. » Pierre Soulages.

Écrire. Je reprends où j'ai laissé mon journal d'adolescente paumée caressant le rêve du cinéma, devenue par hasard mannequin de sa mère, sauvée du spleen par le tricot d'une vie pas choisie...

23

Adolescente paumée? La tartine de pain dégoulinante de gelée rouge en Angleterre, balancée – comment s'en débarrasser – un matin au bord du trottoir de ce village campagnard dans le Sussex. Camouflée vite fait dans l'enveloppe décachetée d'une lettre reçue le matin même, juste à la taille de la tartine (l'enveloppe avec mon nom et mon adresse bien sûr, Nathalie Rykiel, aux bons soins de Mr & Mrs Palm, 24 Albert Road, Bognor Regis, Sussex, England). La tartine et l'enveloppe vicieusement ramassées et rapportées par un voisin à Mr Palm qui m'attend ce soir-là avec son butin, fâché et humilié, sur le seuil de son pavillon...

Mes parents m'avaient envoyée, comme beaucoup de jeunes chanceux, perfectionner mon anglais à Pâques. English Home Holidays vous attribuait au hasard les familles qui vous hébergeaient contre de l'argent, moi c'étaient Mr and Mrs Palm, et vous viviez chez eux, vous partagiez leur atmosphère étriquée, vous dormiez dans la chambre de leur enfant absent, vous mangiez leurs tartines de gelées dégueulasses le matin (ils ne vous demandaient pas si la gelée vous dégoûtait), vous marchiez dans le froid jusqu'au centre du village où les cours avaient lieu, vous retrouviez enfin les autres Français. Avec un peu de chance, le soir, l'organisme avait prévu une activité, on retrouvait alors le groupe au village, sinon, une fois rentrée, c'était dîner à 18 heures et soirée télé chez les Palm. Le samedi soir, il y avait boum au village, c'est là que j'ai embrassé un garçon pour la première fois. Il s'appelait Laurent B. (je ne donne pas son nom complet, je m'en souviens très bien mais je pardonne). Il sortait avec toutes les filles mais, ce soir-là, il s'est entièrement consacré à moi et, moi, j'ai cru cela, qu'il se consacrerait dorénavant à moi. Le lendemain, il a raconté à tout le groupe que je ne savais pas embrasser ; quand je suis arrivée en cours, j'ai compris que quelque chose n'allait pas, on me regardait bizarrement, il leur avait dit que je l'avais mordu.

Et moi qui avais rêvé de lui toute la nuit

4 décembre

et moi qui me voyais presque fiancée
et moi qui ne comprends plus rien.

À côté, je suis complètement à côté de moi. Il est tôt dans ma vie, je n'ai que treize ans, et déjà je ne m'aime plus.

24

Je regarde, je regarde encore. Quelque chose a changé, l'image tremble un peu.

Cette voiture rouge arrêtée en pleine nature, je sais où nous sommes, quand nous sommes. Novembre, en Sicile. Jean-Philippe en petit Sherlock Holmes, imperméable beige, casquette et écharpe écossaises, s'extrait de la voiture et, après quelques pas, sort une flûte de sa poche et joue de son instrument. On avait répété cette scène au moins dix fois, il n'y avait rien d'autre à faire qu'à mimer le metteur en scène et l'acteur. Scène suivante, il saute d'une branche d'arbre sur laquelle je l'ai juché. Moteur. Il hurle à pleins poumons : « Dans la lune, espèce d'idiote », il n'y a toujours pas de son mais je lis sur ses lèvres, d'ailleurs je m'en souviens très bien, c'est ainsi que, partout où nous allions,

4 décembre

Jean-Philippe estimait les lieux en testant l'écho. On hurlait des conneries en rigolant : « Dans la lune, espèce d'idiote » ou « Les saucisses, c'est des bananes de viande ». *Titi la carotte râpée* et *Casserole confite* se figuraient être des enfants doués, des poètes en écriture automatique. Maman, assise au volant de la voiture de location rouge, deux manteaux col fourrure (alternativement selon les jours sur les images), un sac Vuitton et sa frange. Quelques jours de vacances solitaires avec ses deux enfants. Pas très gaie. Pas maquillée, pas d'homme. L'image qui tremble, c'est mon père qui n'est plus là. C'est moi, l'ado brune qui filme ma mère et mon frère, avec ma petite caméra Super 8. Je le remplace, j'ai pris le relais, j'en tremble un peu, forcément. Nous sommes en vacances, en Sicile, tous les trois. Même pour moi, pour ma caméra, elle ne se maquille pas. Il y a eu d'autres vacances comme celles-là, quand elle l'a quitté définitivement et qu'elle est partie. Elle louait des voitures, elle nous emmenait, en Bretagne je me souviens de l'île d'Oléron, puis, assez rapidement, il y a eu des hommes avec nous et elle s'est maquillée. Et d'autres vacances, plus loin, en Sardaigne, aux États-Unis... Et des hommes après, il y en a eu beaucoup.

III

Where or When

25

> *«Anna se disait : une femme sans homme ne peut pas rencontrer un homme, n'importe lequel, de n'importe quel âge, sans penser, fût-ce un quart de seconde : Peut-être est-ce L'homme.»*
>
> Doris Lessing, *Le Carnet d'Or*

Je me dis : j'aimerais bien raconter l'amour, parce que je crois que je n'y ai rien compris, que je me suis beaucoup trompée en amour. Ce qui me fait dire que je me suis beaucoup trompée, c'est que j'ai pas mal souffert. Mais j'ai beaucoup aimé et, je le reconnais, j'ai été aimée. L'écrire me fait sourire et me procure un contentement. Je le sais pourtant, je ne peux le nier, mais l'écrire, ne pas l'effacer ensuite...

4 décembre

J'ai longtemps pensé que c'est la chose la plus importante, que l'amour donne le ton d'une vie. Malgré les injustices et les inégalités, s'il y a de l'amour, la couleur n'est pas la même. Il y a le hasard et la chance. Être là au bon moment, rencontrer la bonne personne, ne pas la laisser passer, bla bla bla...

On ne se trompe pas sur l'amour en espérant ne pas vivre sans. Une vie sans bel amour, sans grand amour, une vie sans amour... Je connais des gens, des femmes qui ne l'ont pas rencontré, elles vivent quand même. Moi, j'aurais préféré mourir.

Je me suis figuré que je resterais seule. Je l'ai toujours cru sincèrement tout en le craignant. Cela faisait sourire les proches à qui je me confiais, je n'avais pas honte.

Après chaque rupture, j'étais persuadée que c'était la dernière fois, qu'on ne m'aimerait plus, que je n'aimerais plus, c'était déjà un malentendu, un accident formidable, un coup de chance incroyable que j'aie connu l'amour, et j'entrevoyais le gouffre de solitude que serait ma vie dorénavant. J'aime tant aimer, j'aime tant l'amour. J'aime la vie avec un homme, m'endormir et me réveiller avec lui. J'aime être amoureuse comme j'aime aimer. J'aime qu'il me prépare le petit déjeuner au lit et je l'aime aussi s'il ne le fait pas. Je m'accommode. Je suis un caméléon de l'amour.

26

J'ai aimé cet homme qui me collait, qui appelait mon nom dès que nous n'étions plus dans la même pièce, qui me sifflait même parfois pour se rassurer. Il me soûlait pourtant, m'épuisait, je n'avais jamais pensé dire à un homme : laisse-moi un peu, laisse-moi un peu d'air – mais même si c'était irrespirable, j'ai bien aimé ça, ça comblait un vide chez moi. J'ai aimé que dans la rue nous soyons des enfants, nous sautillions à cloche-pied et même nous chantions. Nous avions notre chanson, comme des adolescents.

Nous étions partis en Bretagne, il a conduit cinq cents kilomètres en tenant le volant de la main gauche, son bras droit posé en travers de mon corps, m'offrant un sentiment de sécurité. Il avait enclenché cette cassette de Bryan Ferry dans l'autoradio, on écoutait *Where or When* en boucle. Quand je lui demandais, il me racontait des histoires. J'ai aimé cet homme qui était fou, asocial et me dévorait des yeux et le corps aussi, c'est lui le premier qui m'a dévoré le corps, et pourtant il m'aurait séparée de tous. J'ai aimé qu'il m'aime comme ça, qu'il m'aime comme il n'avait pas aimé avant et moi non plus. C'était Obélix, mince et musclé mais tombé dans une marmite de coke étant petit, insensible au froid, au chaud, à la peur, cet homme impatient, intolérant, coléreux, tendre, drôle, érudit, urgent, imperméable à tout ce qui n'est pas lui et sa vision du monde. Intelligent mais qui ne comprend rien à la vie.

Il faut avoir vu Jean-Michel installé à la table verte de la maison d'Ars, le buste arc-bouté, faisant corps avec son ordinateur, yeux plissés rivés sur l'écran, imperturbable, sourd aux bruits de perceuse des deux électriciens qui s'affairent à mes côtés. Quand un des deux plafonniers en verre explose au-dessus de sa tête et qu'il ne sursaute pas, ne lève pas les yeux, ne s'inquiète pas, on comprend que cet homme n'est pas normal.

(Il ne remarque rien non plus quand les cinq suspensions vertes sont enfin posées en fin de journée.)

27

J'avais laissé Jean-Michel, j'étais partie au marché en voiture. Le marché est à deux venelles de la maison mais je souhaitais passer d'abord chez le brocanteur, je cherchais un miroir. Le magasin est fermé, je me gare devant, je veux scruter la vitrine, j'en ai pour deux minutes, je laisse la portière ouverte. Pas de miroir mais un homme sublime qui s'approche, je ne l'ai jamais vu à Ré, il me dit qu'il va voler ma voiture. Je réponds – dans ce cas, il faut prendre la femme avec. Il sourit, mon portable sonne, c'est Jean-Michel qui me cherche.

Après déjeuner, nous partons à la plage. Je rentre avant mon exalté qui râle parce que je ne suis pas restée suffisamment longtemps avec lui, parce que je ne me baigne pas assez, mon exalté est très conventionnel sur la quantité de bains de mer qu'il convient de prendre à la plage de la Conche au mois d'août, et le temps qu'il convient d'y rester et le nombre de livres à lire pendant l'été, et aussi ce qu'il faut manger.

De l'autre côté de la plage, j'ai aperçu l'homme-mirage sous un parasol, assis à côté d'un petit garçon.

— C'est vous qui vouliez acheter ma voiture ce matin ?

— Voler pas acheter ! (J'aurais dû m'en douter.) Asseyez-vous.

— Juste deux minutes alors.

— Allongez-vous près de moi.

Quand je me relève, il a mon numéro de téléphone. Évidemment, il ne le note pas, c'est un homme en pull et jean à la plage, qui ne se baigne pas, qui ne note pas les numéros. Dix minutes plus tard, je reçois un message. Rendez-vous dans l'église. C'est comme cela que j'ai rencontré l'amant, alors que j'étais pour quelques jours, en juillet, à Ars avec Jean-Michel...

L'amant est vraiment mon genre, il ne demande rien, il prend tout. Il rôde autour de la maison, on m'a prévenue, je suis son genre aussi, je suis ravie d'être son genre, je suis ravie de me retrouver dans tous mes états dans l'église d'Ars-en-Ré.

Après l'église, il y a Paris, on se retrouve dans le petit studio, je ne veux pas qu'il vienne à la maison, je me méfie, il ne m'offre jamais rien, même pas un Coca, l'autre jour il n'avait pas d'argent au café, la seule chose qu'il a, dans sa poche, c'est un pétard. Un pétard et de l'amour.

28

Ça se passe dans la salle d'attente de l'hôpital Laennec, on a rendez-vous avec un médecin, on attend un peu, il arrive, ensuite on pensera à ce médecin constamment pendant des années parce que la foudre est tombée sur vous ce jour-là, à ce moment-là, dans cet endroit-là. L'image est juste, je n'en connais pas de plus juste, ça vous dévaste, ça vous anéantit, ça vous brûle, en même temps, ça dégage tout et ça s'installe au centre de votre vie, ôte-toi de là que je m'y mette, c'est moi ta priorité, ton centre de gravité, essaie de penser à autre chose pour voir... Pas le choix, embringuée dans une foutue histoire, foutue quand on s'aperçoit qu'on se consume toute seule, l'autre a juste été effleuré, allumé pas brûlé, la foudre s'est jetée sur vous uniquement. Jamais il ne se passera autre chose que des regards et des mots. On parle copieusement de lui, on ne parle même que de ça, il vous raconte sa vie ses problèmes et vous l'écoutez, c'est ça le lien, le fil conducteur, c'est que vous l'aidez. Toutes ces années vous déjeunez, comme ça, une fois par mois, au resto en face de l'hôpital, il y a son rond de serviette, vous le retrouvez là vers 13 heures, vous ne partez jamais avant 16 heures, il n'y a plus personne dans le resto. Et puis, après un dîner (la seule fois où il lui avait donné rendez-vous le soir – elle avait pensé : il s'est décidé enfin ! – il est même venu la chercher en voiture devant chez elle, elle était en transe et il ne s'est rien passé non plus ce soir-là, encore et seulement plus de regards et plus de mots, et elle avait tellement espéré), vous prenez la décision, celle de ne plus le voir, jamais. Vous rompez, toute seule. Vous rompez avec vous-même.

Deux ans plus tard, vous vous rendez dans un colloque, vous savez qu'il sera là, vous êtes décidée à le regarder et, s'il vous regarde encore, à lui dire que vous l'avez aimé, tout ce temps. Devenue femme, vous prenez le risque de vivre ce désir de femme. Lui, heureux de vous revoir, encore plus de vous entendre, impressionné, touché, émerveillé, au pic de son narcissisme. L'histoire ? Il est d'accord...

Pour la vivre. À sa façon, dans des chambres d'hôtel, mais lui téléphoner chaque jour, c'est le deal puisqu'elle est shootée de lui, il lui faudra sa dose. Dans les chambres d'hôtel, les guêpières et les bas et les jarretelles pour lui et se parfumer le sexe et les cheveux, et pendant un an le portable jamais éteint jamais éteint jamais éteint juste les secondes nécessaires, les secondes nécessaires pour le « réactualiser » avec le risque qu'il téléphone à ce moment-là, car il ne rappellerait pas, il s'acquittait de la règle, pas davantage. Il était très ému quand elle lui a avoué, elle en a profité, elle a dit : ces années manquées, il y a du retard, du rattrapage, il faudra m'appeler tous les jours ? Elle l'a regardé d'une certaine façon en disant cela et il a souri et il a dit oui. Elle s'offre à cet homme et il la prend. Ils vivent cette histoire, des après-midi entiers dans des chambres d'hôtel parfois des soirées, à l'exception de la première fois c'est elle qui paie, ça la gêne terriblement mais c'est le prix, pour cet homme il faut qu'elle paie, il n'a pas d'endroit, il n'a pas d'argent, il ne vit pas seul, elle non plus.

Ça lui plaît beaucoup cette histoire avec cette femme folle de lui qui lui apporte *Le Monde* et même une fois un plateau de fruits de mer (avec le pain de seigle, le beurre, le vinaigre aux échalotes dans un Tupperware), cette femme avec sa gueule en photo sur des affiches et dans des magazines, en guêpière dans le lit avec lui avec des assiettes en carton et qui paie en partant. Il lui téléphonera tous les jours tendrement, ils se vouvoieront, il préfère, bien sûr elle est d'accord, ce sont les règles, elle est d'accord pour tout, il doit trouver ça chic ou excitant, les deux peut-être, de baiser une femme connue très amoureuse de lui dans des hôtels et de la vouvoyer.

Elle pense qu'elle aurait pu tout quitter. Elle espère que non, mais on ne sait pas, il ne lui a jamais demandé. Tant mieux, s'il y avait mis un peu de conviction, elle aurait envisagé de tout quitter pour être avec lui. C'était physique, incontrôlable, hormonal, son corps, sa voix, son allure, son odeur, sa gueule, son métier, elle aime tout, tout lui plaît. Elle l'avait voulu, elle avait mis le temps et elle l'avait eu.

Peur à crever la première fois qu'elle le retrouve, il lui avait donné rendez-vous dans un hôtel, il lui avait dit nous commencerons quand je reviendrai d'Argentine, je vous téléphonerai. Peur à crever dans ce taxi. Peur d'être prise en faute, elle n'est pas libre (peur de perdre ce qu'elle connaît) mais elle n'a pas le choix. Autant mourir tout de suite si elle n'y va pas, si elle ne peut pas faire ce dont elle a le plus envie au monde dans cette vie. Ce jour-là, le jour du rendez-vous, il y a conseil de classe, elle est à l'école avec un grand sac genre baise-en-ville, au fond une bougie, du maquillage, des lingettes, du chocolat, ce qu'elle imagine qu'il serait agréable d'avoir avec elle pour l'après-midi. Vers 14 heures, la réunion se termine, elle se dépêche elle croit qu'elle est au bord de vivre, alors elle est pressée rien ne l'arrêtera. Elle hèle un taxi, elle a rendez-vous à 14 h 30, elle a reçu l'adresse de l'hôtel par texto. Il n'y avait pas de réseau dans la salle de l'école où se tenait le conseil de classe, elle a dû attendre d'être dans la rue pour enfin entendre le sifflement du téléphone, pour vérifier que c'était bien ce texto-là qui était arrivé, que l'homme dont elle était éperdument amoureuse depuis tout ce temps n'avait pas changé d'avis, qu'il la rejoindrait bien dans une demi-heure dans la chambre d'un hôtel qu'il avait choisi pour commencer leur histoire. Dans le taxi, elle l'appelle, il lui donne le numéro de la chambre où il l'attend déjà. Elle prend un quart de Lexomil (elle en a toujours dans son sac, ça peut aider en cas de migraine) là, c'est vraiment très indiqué, elle n'a jamais transgressé, jamais trompé, elle a dit à cet homme qu'elle l'aimait depuis le premier jour dans la salle d'attente et il a dit oui, fasciné énamouré d'avoir provoqué ça chez elle, pas une infirmière ou une malade comme d'habitude, et il lui a donné rendez-vous dans cet hôtel. Après le colloque, il est parti en Amérique du Sud, à son retour il l'a invitée à déjeuner, maintenant il l'attend dans un hôtel du cinquième arrondissement et elle n'a jamais eu aussi peur de sa vie et heureuse en même temps. Il a fallu traverser le hall de l'hôtel, un petit hôtel discret mais quand même, il est là dans la chambre numéro 7 avec une barbe, elle a apporté une bougie cette dingue complètement *méchiguée*, et lui, il a oublié les capotes. Ils ont parlé, la chambre était toute petite, juste le lit et un fauteuil, ils ont parlé longtemps, puis il s'est approché d'elle sur le lit, lui était resté jusque-là assis dans le fauteuil, il l'a embrassée, il est ressorti pour chercher une pharmacie. Il a pris la clef, elle s'est dit : et s'il ne revenait pas – elle a allumé la bougie et s'est déshabillée, glissée sous les draps, il est revenu, il l'a embrassée. Ils sont restés des heures, puis ils sont partis. Le soir, il lui a téléphoné. Il a payé l'hôtel cette fois-là, mais ce fut la seule. Après, elle apportait des fruits, à manger, il lui disait qu'il n'avait pas d'argent – ça ne vous ennuie pas – ils passaient des après-midi entiers dans ces chambres d'hôtel, à faire l'amour à parler, à manger. Quelquefois quand c'était urgent, il répondait à un patient au téléphone, elle aimait la façon dont il prenait le pouls de ses patients au téléphone. Il y eut les Grands Hommes au Panthéon et puis le Sofitel dans le quinzième, et puis il y eut Orly où ils eurent aussi leurs habitudes, il avait l'illusion de partir, les avions qui décollent et atterrissent, et quand ils quittaient l'hôtel, c'était quand même elle qui payait.

Cette année-là, je suis partie en Russie, j'étais à Moscou sous la neige en fourrure et il m'appelait, tous les soirs. J'étais cette femme russe cette Nathalierusse, fêtée de partout, célébrée là-bas pour le nouveau parfum que j'étais venue lancer, inondée de roses et de vodka, des orchestres jouaient pour moi, un homme a chanté pour moi, un ténor amoureux, je n'inventerais quand même pas un truc aussi cliché, aussi conventionnel, ce serait se foutre du monde, un ténor russe amoureux qui m'offrait des roses. Mieux : une émission de télévision en direct, j'ai reçu plusieurs demandes en mariage, non, je ne me moque pas, ce serait bas de gamme de tenter de faire croire à un truc pareil, c'est vraiment arrivé, tout ce qu'il y avait de plus dingue m'est arrivé à Moscou cette année-là parce que je puais l'amour. Je tenais des conférences de presse et je les interrompais – pardonnez-moi, c'est important, c'est Paris, une urgence –, je suspendais la conférence s'il appelait à ce moment-là et pendant le temps qu'il aurait à m'offrir, parce qu'il appelait, parce que c'était le moment de son appel et alors tout s'arrêtait pour moi, c'était l'heure de ma drogue. J'ai fait cette chose-là, interrompre des gens et le travail, sans m'en rendre compte. Inconsciente.

De ma vie entière, je n'ai jamais été aussi femme, je n'ai jamais été aussi conne et, pire, je n'ai peut-être jamais été aussi heureuse.

29

Il y a le cinglé, je ne peux pas l'appeler autrement, de toute façon j'ai oublié son nom et je n'ai pas envie de m'en souvenir. Richard, je crois. Depuis un an toujours seul au Flore assis à une table sans bouger, lisant le journal. Chaque fois qu'il lève les yeux, me regarde fixement. Un jour, fonce sur moi comme un grand timide qui vient de se décider, me propose un café. Une allure folle, excentrique, un peu inquiétante, mais il a compté, pendant trois mois il a compté et j'ai oublié son nom. J'allais chez lui, un homme de soixante ans qui vivait comme un jeune homme dans un studio, sans amis, fâché avec sa famille, avec ses enfants.

30

Après, il y a Paul. Enfin, l'ordre n'a pas d'importance. Paul (je n'ai pas écrit son vrai nom, il se reconnaîtra), je lui en veux, parce qu'il n'était pas dingue, il avait un travail, de l'argent, parce que je lui plaisais. Je lui en veux parce que je n'avais rien forcé et que j'y ai cru, j'en avais vraiment envie avec lui. Et il m'a tout dit. Tous les mots d'amour, il les a dits, il les a écrits et il m'a menti...

IV

Spleen

31

« Le plus terrifiant à admettre c'est que tant de millions de gens dans le monde aimeraient être à ma place : je ne suis ni pauvre, ni stupide, ni laide, ni infirme. »

Sylvia Plath, *Journaux*

Elle pensait qu'elle avait raté sa vie. Ce n'était pas une pensée constante, à certains moments la lourdeur de cette sentence se dissipait, il y avait encore de la joie, du plaisir plutôt, mais de moins en moins. Peu de choses la touchaient, lui arrachaient un sourire, ses rires étaient forcés.

Il y avait ses trois filles, elle était fière d'elles. Mais elle avait divorcé deux fois, elle était seule, sa mère malade, son mari parti...

Un nouvel amour la ferait vibrer, se sentir vivante, mais il n'arrivait pas, et chaque rencontre qui ne se transformait pas en amour était une déception, sa vie était devenue une accumulation de déceptions. Regards de son père...

La solitude était pénible. La tristesse de ne pas toujours savoir aider ses filles, de voir si douloureusement vieillir sa mère...

C'était absurde, elle se doutait qu'aux yeux des autres elle était enviée, et puis, elle avait de la chance et du succès, elle n'était ni pauvre ni stupide ni laide ni infirme. Elle, elle se consentait une qualité, le courage. Elle se raisonnait, une baisse de régime certainement, une grande fatigue, c'est vrai qu'elle s'était beaucoup donnée ces dernières années.

Et il fallait assurer, encore et encore, les difficultés devant elle étaient réelles, il faudrait faire des choix, des choix irrévocables qui conditionneraient l'avenir.

Elle comprenait aussi qu'elle n'avait jamais rien choisi.

V

La maison de Ré

32

Dan est écrivain. Il pose des questions, il écoute les réponses. De la nourriture pour roman, la vie des autres. Je n'avais pas besoin de ça, donner à manger à un écrivain, je m'en foutais, c'était au moment de mon divorce, j'avais juste besoin de parler (je me sentais détruite comme dirait ma mère – comme disait ma mère, elle le disait), je ne me protégeais de rien. Son regard, son sourire, sa voix, sa bienveillance, quelque chose d'intelligent et de rassurant m'a enveloppée. Dan est un envelоppeur. On s'est rencontré au Flore, on se connaissait, on s'était croisé, mais rencontré c'est ce jour-là, au rez-de-chaussée car il marquait son territoire, il avait consenti à me rejoindre au Flore mais refusé de monter au premier étage, où j'avais ma table...

4 décembre

Dan aime avoir ses amis près de lui, c'est un homme de tribu. Il m'a dit plus tard (j'étais à Ars, un week-end de mai, chez lui) : depuis le temps que tu viens dans l'île, ce serait formidable que tu achètes une maison ici ! Et, à trois cents mètres, il y a cette maison à vendre dont on m'a parlé. Nous allons la visiter, par curiosité, par jeu aussi, parce que je sens ce désir en moi, lointain, étouffé par une dialectique conventionnelle – une maison, c'est bien la dernière chose dont j'aie besoin – et puis, c'est un projet pour deux et je suis seule – je n'ai pas le temps, je croule sous le travail, les responsabilités. Une envie, aplatie, rangée mais comme un airbag, prête à exploser.

La maison est petite et en mauvais état – tout à refaire – deux bâtiments séparés par le jardin – pas pratique quand il pleut – on entre directement dans la pièce à vivre – une échelle au loin permet d'accéder à l'étage – de toute façon, avec mes trois filles, il manque une chambre... Je me dirige vers l'échelle.

Là-haut, je pousse la porte. J'aurais dû frapper, la chambre est occupée, le clocher est couché. Le mur en face est peint certainement, un trompe-l'œil ? Non, une immense fenêtre. Et cette lumière et les toits et l'acacia du voisin qui explose le mur de pierre mitoyen et le clocher d'Ars vertical qui troue le ciel sous mes yeux comme une tour Eiffel noir et blanc aveuglante. Et le silence. Je n'entends plus les deux hommes qui m'accompagnent, Dan et Olivier, le propriétaire de la maison. Que ce silence. Nous sommes au cœur du village. J'ai rêvé que si j'avais une maison un jour, elle serait au cœur d'un village. Et cette chambre aux proportions parfaites est une chambre pour écrire. Par la baie vitrée, on plane au-dessus du jardin, un vrai jardin, de l'herbe verte, c'est rare à Ré où il y a surtout des cours pavées.

Le bâtiment en face, il ne m'avait pas émue en arrivant, rien ne m'avait particulièrement émue en arrivant et tout me touche maintenant, tout me semble poétique, ce sont les anciennes étables du cheval Mussot, du cochon Pimpan et de la chèvre Chenette.

La force, le désir croissent et distraient l'inquiétude. Une maison ? Trouverais-je le temps de surveiller les travaux depuis Paris – et l'entretien – et les filles, y viendront-elles – et seule, irais-je – et toutes les vacances dorénavant, au même endroit ? Et puis, elle est trop petite...

Justement, c'est pour moi que je vais le faire, je vais acheter cette maison trop petite. Et on verra. J'ai peur, de cette peur qui me fait avancer quand elle ne m'empêche pas, quand je ne l'écoute pas, de cette peur qui ne me tue pas quand je me veux plus forte qu'elle.

Dan sourit, Olivier aussi. Il y a vécu – quelqu'un comme vous, vous en ferez quelque chose de bien. Il a senti avant moi (peut-être pendant que je résistais, avant l'échelle, avant le clocher, avant le silence, avant la peur) que je l'aimais. Le prix est correct, dans la fourchette que j'avais envisagée et j'économise les frais d'agence.

Emballez c'est pesé, je l'emporte avec moi.

33

Avec la maison, notre histoire est née.

Leur histoire aussi, à Ars. Ils doivent coucher ensemble, c'est certain, ils ne se quittent pas, ils ne se cachent même pas, inséparables, quand tout le monde est à la plage, on les voit bras dessus bras dessous, balades, verres aux Frères de la Côte, au Café du Commerce, virées à moto...

On s'en doutait parce qu'on se quittait peu. Et puis ça nous amusait, on aimait bien faire parler de nous. Mais ça n'était pas vrai. Dan était ma couverture, mon protecteur, mon ami, mon confident. Il écrit la plupart du temps dans sa maison, sur son bureau, sous son auvent, sur des pupitres pliants qu'il trimballe partout avec lui. Je finissais mon premier livre, cet été-là, et c'est à lui que je l'ai fait lire en premier. C'est dans cette maison gentiment prêtée pour l'été, signée mais pas encore achetée, pas encore à moi, sur une petite table de fortune dans la chambre au clocher, que j'ai terminé mon livre. Je lui ai confié le manuscrit, c'était à la fin du mois d'août, et j'ai filé à la plage. La plage, je n'y vais pas souvent, c'est une des raisons de mes engueulades avec Jean-Michel : « Tu achètes une maison à la mer et tu ne vas pas te baigner, ça ne sert à rien, tu es ridicule. » Il ne comprend pas que mon plaisir est aussi ailleurs. Jean-Michel ne comprend pas les plaisirs qu'il ne partage pas. Dan lui ne se baigne jamais et consent seulement à m'accompagner quand je le supplie, il exècre le sable qui envahit tout. Le sable, ça ne colle pas avec les écrivains, ça s'insinue, ça se faufile entre les pages, ça agace.

J'ai dit que j'étais partie à la plage mais même pas. Et le sable n'était pas en cause...

C'était à la fin du mois d'août, ce premier été dans ma maison, à Ré.

34

L'année suivante

Cet après-midi, j'ai traîné les filles à la plage. Ça n'a pas été trop difficile, je m'y suis prise à trois fois seulement, hier soir je les avais prévenues, ensuite en début d'après-midi, puis plus insistante, vers 17 heures. Elles me suivent à vélo, je suis contente. Je m'aperçois à l'arrêt obligatoire du croisement avec la route principale que leurs porte-bagages sont vides. Salomé n'a strictement rien avec elle et son amie Darya, une petite pochette imitation Chanel bleu ciel en bandoulière. Elles sont venues, sans serviette, sans crème, sans livre, sans maillot...

Le lendemain

Plage, seule. Je n'ai pas encore apprivoisé le rythme particulier des marées. La mer est basse, très basse. Tant pis, je ne me baignerai encore pas aujourd'hui, l'eau est froide, bon prétexte. Je m'allonge, une serviette, un oreiller gonflable un peu débile en plastique imprimé, *Anna Karénine*, des enfants jouent autour, un couple s'enlace, des femmes parlent entre elles, des hommes poilus se bronzent, des amis se retrouvent, des familles se replient, il est 19 heures déjà, les mouettes s'envolent par paquets, c'est l'heure de la pétanque aux Frères de la Côte, il y sera, je remonte doucement la jetée, ma fleur rouge dans les cheveux, je m'en vais.

18 août

Darya est fatiguée. J'en profite pour entraîner Salomé avec moi à la Conche. Je pensais que la petite Golf décapotable serait une motivation pour m'accompagner. Cheveux au vent, musique, lunettes, soleil, mais ces clichés sont les miens, elle s'en fout et pense qu'elle devrait se montrer solidaire de son amie (qu'elle n'a pas quitté depuis le début des vacances) en restant tapie dans sa chambre avec elle. Sur le parking, la batterie est à plat et nous attendons sous le cagnard que Jean-Louis qui m'a vendu la voiture vienne pour la deuxième fois en deux jours nous dépanner. (J'oublie les feux de détresse. Détresse?)

J'ignorais qu'en achetant cette voiture à Jean-Louis je gagnais en même temps une protection rassurante et souriante, lui a tout de suite compris que j'en avais besoin et d'ailleurs il est là. Dix minutes plus tard, nous sommes parties, mais le CD que j'ai emporté est nul (João Gilberto, moi j'aime bien), pas de branchement pour l'iPod de Salomé, enfin bon, on roule. La Carrière, difficile au début de repérer la petite barrière de la route pour accéder au chemin qui mène à la plage, maintenant je m'arrête les yeux fermés. La mer est accueillante, invitante, peu de monde, Éric et Anna sont dans l'eau, Patricia, comme d'habitude assise sur sa jolie serviette. Salomé a envie, je le sais, nous sommes le 18 août et pas une fois depuis le début du mois les pieds dans l'eau ! La mer, on la sait fraîche et irrésistible, et ma fille qui est venue sans maillot, et moi qui en ai pris un de rechange (pourquoi, je ne me change jamais à la plage, pour elle sûrement), et ma fille qui râle et qui enfile mon maillot qui va défigurer son corps, elle n'y peut rien, son envie est la plus forte, la mer est plus forte, et ma fille, sublime naïade qui s'élance avec moi, et ce bain, ce bain de mer avec ma fille dans l'eau fraîche et salée, cette merveille de bain de mer avec mon enfant à la Conche, cet après-midi-là, à Ré.

35

J'avais commandé *Anna Karénine* à la librairie de mon village. Le lendemain, la libraire me dit : « Votre Anna Gavalda n'est pas arrivé, repassez samedi. » Effondrée, je suis allée renifler l'odeur des livres aux Portes et suis repartie avec *L'Idiot* préfacé par Stefan Zweig. Ça m'a fait du bien. Pas d'*Anna Karénine* aux Portes non plus. C'était à cause de la dernière phrase du livre, dont Marc m'avait dit qu'elle était merveilleuse, que je voulais le relire. Ça attendra. J'avais trouvé cette nouvelle ruse pour faire sortir les ados de leur chambre, il était 16 heures, je leur ai dit : « On va aux Portes », bizarrement elles ont dit oui sans difficulté, se sont installées à une terrasse boire un Coca pendant que je visitais les brocantes avec Tatiana – que j'aime ces moments avec mon aînée... Après, retour à la maison, poulet au four, brocolis et carottes à la cannelle, laitue aux graines de tournesol (ma nouvelle passion) assaisonnée à l'huile de noix, chocolat. Les filles voulaient sortir, aller danser à la Pergola mais le Magic Bus (qui raccompagne les ados chez eux à l'aube pour que les parents puissent dormir) était sur répondeur, alors les filles, soirée télé. Je monte écrire.

Je ne leur réponds pas, je ne sais quoi leur dire. Trois hommes m'écrivent, pas de la littérature, rien à voir avec les lettres que Victor Hugo envoyait à Léonie Biard, ma boîte aux lettres verte est vide. Des textos. Ce sont des signes quand même, il y a des mots à la suite les uns des autres qui composent des semblants de phrases et s'achèvent en questions – demain ? En injonctions – demain ! Linda me dit : « Fais ce que tu as envie, c'est ce qui sera bien pour toi. » Oui alors d'accord, je préfère être avec l'amant parce que c'est nouveau, ce sera fiévreux et délicieux quelques jours avec lui fin août, mais il y a ce risque après de ne plus pouvoir me défaire, rentrée à Paris je serai prise, et prise par lui je me perdrais, ce n'est pas un homme fiable. Je dirai à mon ex qu'il n'a qu'à être sûr de lui, réfléchir à ce qu'il veut vraiment, du temps de gagné. Jean-Michel m'attendra, lui.

4 décembre

Jamais je n'aurais pensé, jamais. Je suis malheureuse d'être seule. Je suis gonflée, pourtant c'est vrai. C'est l'atavisme, cette jeune fille qui attend le prince charmant sur son cheval blanc. Je n'en veux qu'un, il n'est pas là, pas avec moi. Vivre cela, moi qui me rêvais la femme d'un seul, effondrée de mes deux divorces, dépossédée, j'ai tellement pleuré.

C'est dément de voir ma vie aujourd'hui ressembler à celle de ma mère, plus je vis, plus ça y ressemble. Femme seule, forte, pouvoir de merde, célébrité de merde, séduction, impossible de renoncer à ça, j'y ai pris goût. C'est vrai, je préfère la femme que je suis devenue à celle que j'étais. Elle me plaît bien cette femme un peu dangereuse, c'est sa vie qui ne me convient pas...

Ce matin, la libraire au téléphone : « Votre Anna... enfin, votre livre est arrivé. » Page 46 : « Il n'y avait pas de réponse, sinon cette réponse que donne la vie aux problèmes les plus insolubles : il fallait vivre au jour le jour, oublier. »

Ou accepter. D'avoir tellement changé. Je me connais mieux et pourtant je ne me reconnais pas encore. Je ne suis plus la même, mes rêves pourraient bien évoluer aussi ? Je vis seule, j'ai acheté cette maison, j'ai confiance en moi, des hommes m'aiment et me désirent, à leurs façons. Je ne suis pas habituée encore, c'est tout. J'aimais partager le quotidien avec un homme, j'ai du mal à y renoncer. Regardons bien le miroir, je suis plus exigeante aussi. Pour tomber amoureuse aujourd'hui, il me faut du lourd.

VI

Poudre de succession

36

Ça n'est pas une dépression, c'est une décompression. On m'a dit cela aujourd'hui, je ne sais plus qui, j'ai oublié, je garde seulement les mots avec moi. Je crois aux mots, je me cramponne aux mots. Des années à la manœuvre douze heures par jour, un pied sur l'accélérateur, l'autre sur le frein (crise économique), secondée par un comité de direction resserré, ma fille à la maison, ma mère souvent à l'hôpital... Et mes trois derniers projets qui voient le jour simultanément, le documentaire de Loïc Prigent *The Day Before* qui retrace le défilé anniversaire des quarante ans de Rykiel, les deux collections en collaboration avec H&M et mon premier livre !

Il est à l'imprimerie. Pas encore publié, je ne sais à quoi m'attendre. Le voir relié, édité. Le palper. Couverture, épaisseur, chair. Odeur.

4 décembre

Exposé en librairies, des piles peut-être ? L'imaginer feuilleté par des mains inconnues, capter des attentions, susciter des émotions... Un vertige que je m'interdis... Mais je ne pense qu'à ça. C'est encore loin, le 19 février 2010, attendre encore deux mois. Les épreuves ont été envoyées aux médias. Ma famille, mes proches ont aimé, mais tous les autres, ceux qui n'ont pas donné signe, rien manifesté, ou pire, rien voulu dire... Et il ne me reste rien, ni Dan qui m'a tellement encouragée, ni Maryse qui a pleuré, ni Simon qui m'a dit ce matin que c'était formidable, ni Linda... J'ai oublié les autres éloges, il y en a eu. Ma mère aussi, à sa façon, qui m'a dit qu'elle était jalouse, que j'écris mieux qu'elle... Je n'arrive pas à me nourrir, c'est le vide, l'absence de signes qui m'emplit et me ronge. Je ne pense qu'à Carole, qui l'a reçu depuis deux jours et ne m'a pas encore téléphoné, à Michèle, dont je n'ai pas de nouvelles depuis son accusé de réception il y a dix jours. C'est insupportable, il vaudrait mieux ne pas écrire, ne rien faire, ne plus s'exposer.

Tu m'avais dit que ce que tu aimais en moi, c'est que je n'aime pas souffrir. C'est vrai, je déteste souffrir, mais pauvre con – je te parle – crois-tu que je ne souffre pas ? Je me raisonne mais pour cela, je ne me donne pas et, ce que je souhaite plus que tout, c'est m'abandonner. Enfance, délires, migraines, qu'ils m'aiment, qu'il m'aime...

Quand pourrai-je encore dire « mon amour » ?

37

Ma mère est malade, comme sa mère avant elle. Depuis quinze ans, depuis ce jour où nous sommes allées consulter toutes les deux, depuis cet instant où le neurologue a dit très gentiment ce que nous redoutions plus que tout : « Vous souffrez d'un début de maladie de Parkinson », depuis cet instant où nous nous sommes presque évanouies ensemble, surtout elle – moi j'ai tenu, je voyais ma grand-mère morte-vivante tremblante, je me disais : toutes ces prières, ça n'a donc servi à rien – et puis le professeur a ouvert la fenêtre. Après c'est complètement brouillé, je crois que nous sommes allées acheter du caviar, pas des médicaments, non du caviar en sortant de l'hôpital, quelque chose de très bon tout de suite. On en a parlé et elle a décidé qu'elle ne le dirait pas.

Quinze ans plus tard, la maladie est impossible à dissimuler. Ma mère est spasmée, désarticulée, vrillée. Corps oscillant, corps tremblant. Cette année, elle a subi deux opérations aux genoux; mal remise, elle est tombée et s'est fracturé le bassin. Elle souffre atrocement. Sous morphine, elle hallucine. Elle est devenue quelqu'un d'autre, une femme épuisée, éplorée, apeurée, agressive aussi, une femme dans l'horreur de l'horrible, une femme dont elle aurait eu peur, une femme qu'elle aurait fuie. Je la prends dans mes bras, je la berce, je hausse le ton parfois pour la calmer. Elle est devenue mon enfant.

Remise de ses fractures, désespérée de son état, elle décide de révéler enfin sa putain de maladie, son «P de P» (Putain de Parkinson). Parler, c'est reprendre le contrôle, c'est se battre encore, autrement. Tout lâcher après avoir tout caché. Elle couche ses tourments sur les pages de ses cahiers à spirales, ces mêmes cahiers quadrillés bourrés d'écrits et de croquis, de pull-overs et de pensées, de robes et de numéros de téléphone, empilés par dizaines dans les placards de ma chambre de jeune fille. Muriel, sa plus jeune sœur, lui présente Judith Perrignon, qui l'accouchera de son histoire dans un beau dialogue à quatre mains. Le livre prend forme et, quand je rencontre l'éditeur, elle est pressée de le publier. Ça tombe mal, très mal. La marque est encore fortement identifiée à ma mère et je ne peux prendre le risque que cette tragédie intime, cet abîme terrible du vieillissement et de la maladie, devienne public. Pas maintenant. Maintenant, je me bats, c'est crucial, pour que la marque soit la plus séduisante, la plus désirable possible. Je ne peux révéler pourquoi, le secret des négociations dans lesquelles je suis enfermée me force à garder le silence.

Rien n'intéresse plus ma mère, seulement se délivrer et publier son livre. Comment la convaincre, ainsi que son entourage, qu'il faut en retarder la publication ?

Un jour où je la sens moins fragile, je tente tendrement de la persuader que la maladie, la vieillesse ne peuvent cohabiter avec le royaume glacé du glamour et de la mode. Elle me fixe durement de ses yeux verts, m'écoute attentivement. Me répond qu'elle s'en fiche, qu'elle peut tout dire, tout faire, tout se permettre. Ce que je sais, c'est qu'elle n'est plus en mesure d'évaluer la situation ni les enjeux. Un autre de ses livres, le *Dictionnaire déglingué*, est par miracle en veille chez un autre éditeur que je convaincs sans peine de publier en premier. Parce qu'un de ses livres verra le jour prochainement, ma mère, rassérénée, se rend à mes arguments. Faire patienter l'éditeur, qui souhaite aussi publier le livre confession au plus vite, est une tâche encore plus complexe. Elle a rencontré ma mère et compris qu'elle ne sera bientôt plus en état d'assurer la moindre promotion. Malgré son incompréhension et la pression de quelques proches, je ne céderai pas. La publication de *N'oubliez pas que je joue* est reculée d'un an. Je respire, j'ai douze mois devant moi pour mener l'une des plus difficiles batailles de ma vie sans que l'image titubante de l'icône risque d'altérer celle de la marque...

Cela fait une dizaine d'années que je marche sur un fil, tentant de préserver ma mère souffrante, d'aménager des espaces restreints à l'intérieur desquels elle puisse s'exprimer et de faire vivre la marque indépendamment d'elle, pour qu'elle lui survive. Dix ans pour tenter d'organiser sa succession, aucun candidat ne trouvait grâce à ses yeux. Personne selon elle n'avait le talent, mais elle ne laissait à aucun la possibilité de se révéler. Ce qui était bien, elle l'avait déjà fait et le reste était nul, point. Former une équipe, c'était l'idée (aucun autre ego ne pourrait trouver place à ses côtés), qui résisterait à ses critiques sans se démotiver était une tâche impossible.

Elle me téléphonait de son portable, me demandait de monter pendant les essayages où, évanescente, elle continuait cependant de trôner. Elle me chuchotait devant l'équipe : « C'est nul, non ? Tu es d'accord ? » J'étais la seule à qui elle accordait sa confiance. Devant ces stylistes que j'avais engagés, que j'encourageais à donner le meilleur d'eux-mêmes pour renouveler Rykiel tout en respectant son histoire, devant ces filles et ces garçons en permanence jugés et jaugés par celle qu'ils respectaient, admiraient mais dont ils devaient s'affranchir : « C'est nul, non ? »

Souvent, elle avait raison, son œil était intact, impitoyable. Et elle ne pardonnait pas à ces « gamins » de ne pas être elle mais elle n'aurait pas non plus toléré qu'ils le deviennent. Je louvoyais, rassurant ma mère, protégeant les équipes, rassurant les équipes et protégeant ma mère.

Tout cela, je connaissais. Quand l'heure était venue pour moi d'incarner la marque à ses côtés, quand je suis devenue l'image du parfum, quand j'ai innové avec les sextoys...

Et plus tard, quand elle ne tenait plus debout sans béquille, quand, levée, elle vacillait, il avait fallu l'installer dans la salle au premier rang avec les invités les jours de défilés et, lors du final, d'un simple salut, aller recueillir les bravos sans elle. Recevoir ensuite en coulisses les journalistes, les télévisions, les flashes et les micros braqués sur moi, elle revenue tout près, recroquevillée dans un fauteuil vite apporté pour elle, ne me lâchant pas des yeux, n'en perdant pas une miette, ne désirant être nulle part ailleurs, et malheureuse. Tellement malheureuses. C'était insupportable.

Parler. Doucement. Parler doucement. Expliquer. Petit à petit. Expliquer petit à petit. Lui dire. Dire à ma mère. Dire à ma mère qu'il faut. Vendre. Au moins partiellement, vendre. Recommencer. Elle a oublié. Vendre, maman. L'affaire. Un secret. Tu ne dois en parler à personne. Vendre... Ma conviction est faite et j'ai lancé le processus. L'affaire est un bijou, elle est saine et n'a jamais perdu d'argent, nous avons surmonté la crise économique de 2008, mais demain ? Que restera-t-il de notre Maison familiale face à la puissance des groupes financiers qui dominent aujourd'hui notre industrie ? David contre Goliath ? Ma mère et moi partageons la même ambition pour Rykiel et, aujourd'hui, des moyens colossaux sont nécessaires... Et une discrétion absolue est indispensable aux négociations que je mène. Je la sens si vulnérable, je crains qu'elle ne puisse s'encombrer de ce si lourd secret. Sur le fond, c'est facile, elle réagit comme chaque fois que je lui ai dévoilé l'un de mes projets, que je lui ai réservé des surprises. Les trente plus importants créateurs de mode contemporains s'unissent pour la célébrer et lui témoigner un hommage historique lors des quarante ans de la marque ? Normal. Les sextoys ? Elle avait eu l'idée avant. Vendre ? « Ça fait dix ans que je te dis qu'il faut vendre ! » Mais ce que ça signifie, elle refuse de le comprendre. J'essaie de lui expliquer, sans détailler, que les choses changeront – même en restant actionnaires –, elle me répond : « Mais je pourrai continuer à dessiner ? » Alors que j'ai depuis longtemps organisé la maison indépendamment d'elle, elle désire penser que tout restera comme avant. Avant ? Quand elle déambulait avec son incroyable démarche sur ses talons vertigineux, ceinturée d'un manteau en marabout, auréolée de sa rousseur, quand les passants se pinçaient sur son passage, quand elle donnait des interviews dont parfois les journalistes ressortaient ivres, pas certains d'avoir tout compris mais ivres d'elle, quand elle posait pour les photographes – reculez-vous, pas trop près jeune homme qui sonnait comme un suivez-moi, jeune homme –, quand elle saluait à la fin des défilés d'un aller et retour complet, prenant son temps et son plaisir, sur toute la longueur du podium. Avant, quand elle était éternelle...

Je voudrais tellement qu'elle soit douce, tranquille, apaisée, nourrie de ses succès, de sa famille, de ses amours, je voudrais qu'elle profite de ses petites-filles, de sa gloire mais elle n'est que désolation devant ses impossibles renoncements.

C'est un crève-cœur, sa vie-jeunesse-santé-travail l'abandonne d'un même mouvement. Et je ne sais pas non plus ce qui m'attend. Sur une autoroute dans la bonne direction, c'est là que je suis, j'en suis convaincue ou je m'en persuade quand je doute, mais comment me représenter l'avenir ? Alors, le lui dépeindre ? Je tente de la détourner d'elle-même, d'effleurer sa fibre maternelle. « Ta vie ne changera pas, tu ne vas plus au bureau depuis longtemps, et puis il faut que tu prennes soin de toi, que tu passes du temps avec tes petites-filles, tes amis. Pour moi, tu sais maman, tout va basculer, ce sera probablement très brutal. Il faudra que je repense ma vie. »

Mais comment lui demander d'entendre que je tente d'amorcer mon deuil – je n'ose imaginer qu'elle puisse m'aider, mais seulement m'entendre – alors qu'elle ne peut se résoudre à faire celui de sa splendeur ? Malgré son désarroi, elle n'est jamais un obstacle, elle est d'accord, toujours d'accord avec moi. Elle le sera jusqu'à la fin. Emprisonnée dans sa maladie, chancelante, sage dans sa douleur, elle ne livre notre secret à personne. Je me scelle à sa force pour me persuader, moi aussi, qu'elle est éternelle.

38

Quand mes filles ne vont pas bien, l'une ou l'autre, parfois l'une et l'autre, parfois l'une, l'autre et l'autre, je me demande si la mélancolie, celle de leur grand-mère, celle aussi dans laquelle j'ai si peur de m'enliser, se diffuse insidieusement, comme une poudre de succession, un goutte-à-goutte empoisonné, vertical, de femme en femme, de génération en génération.

Je crois que j'étais une mère idéalisée, fille d'une grand-mère sacralisée et que c'était exigeant pour mes filles ; c'est diabolique maintenant que les images se déchirent.

VII

12 02 2012

39

« Il faut partir et vivre, ou rester et mourir. »

William Shakespeare, *Roméo et Juliette*

Le 15 décembre 2011, je quittais définitivement la maison du quatorzième arrondissement où j'ai vécu avec mon mari, où mes trois filles ont grandi, pour m'installer dans l'appartement de Saint-Germain-des-Prés situé au-dessous de celui de ma mère.

Trois mois plus tôt, le samedi 24 septembre, j'avais rencontré Serge.

Le 12 février 2012, après neuf mois de rencontres, de négociations, je signais la cession de

4 décembre

80 % du capital de Sonia Rykiel à deux frères, Victor et William Fung.

Je changeais de vie. Avant, j'aurais écrit : ma vie changeait. Mais là, j'écris : je changeais de vie.

VIII

Sens de la vie

40

Elle a téléphoné hier, elle a dit : «Je veux mourir.» Elle a rappelé une heure plus tard, elle a dit : «Maman, pardonne-moi», et j'entendais derrière sa voix pâteuse inaudible, celle de la garde-malade qui lui disait, qui lui intimait, d'articuler, pour que je la comprenne, que je comprenne bien qu'elle n'aurait pas dû me dire ça. Qu'elle regrettait ce qu'elle m'avait dit.

Ce matin, quand j'ai appelé, il était déjà 10 heures, avant je n'avais pas eu le courage, j'essayais de me motiver, de me forcer, la vie, ma vie était belle après tout. Il faudrait simplement essayer de garder cette pensée toute la journée avec moi, me lier à elle de façon indélébile, m'enrouler comme dans une écharpe, une lueur un peu souriante qui me permettrait de voir clair, mais c'est plutôt une ampoule pendue à un fil, une ampoule glauque dans une toile de Bacon, mon éclairage. J'étais dans mon lit, mon lit, le seul endroit où je me sente bien. Difficile d'en sortir, avec seulement l'espoir que la douche et son jet (chaud sur les épaules, froid pour un peu d'énergie) me propulse dans un début de journée.

Ce n'est pas difficile, se réveiller un peu tard quand on a le sommeil profond, se tenir au chaud, ce n'est pas culpabilisant surtout si on a lu jusqu'à des heures indues. Et puis soudainement, il y a cet instant où être encore là, dans le lit, me hurle que rien ne m'attend. C'est le moment où tout bascule. Mais me lever... Une heure avant de l'appeler – rien d'important aujourd'hui – je prends mon temps, je me maquille, et quand j'appelle, elle pleure, elle pleure réellement à chaudes larmes. Une déferlante, ce n'est pas supportable d'entendre cette pluie de larmes dans le téléphone à 10 heures ce matin-là. Elle qui n'a jamais pleuré, elle si forte.

Cinq minutes plus tard, je suis chez elle...

Dans la rue, je regarde les gens. Je les trouve formidables. Ils ont l'air heureux, ils ont l'air normaux. À mes yeux, c'est heureux. Je fais la queue à la boulangerie, habituellement, je m'impatiente, je tripote mon portable, je piétine. Là, j'attends. Être dans la queue me calme. C'est quelque chose à faire. Acheter une baguette, c'est une chose simple, je dois acheter cette baguette pour nourrir ma fille et nourrir ma fille m'empêche de tomber. Après, il faudra trouver une autre chose à faire. Je regarde l'apprenti, la boulangère, la dame âgée assise en retrait de la boulangère et qui est trop vieille pour aider, alors elle est assise derrière comme les vieux, elle en profite, elle critique sûrement un peu, ça doit être sa fille, la boulangère. Après quand la boutique sera fermée, elles feront des commentaires sur les clients... Je me dis : elle a l'air bien la boulangère, contente dans sa vie, rendre la monnaie, choisir une baguette bien cuite, une tradition, servir 100 grammes de chouquettes, les déposer dans un pochon, dire bonjour, au revoir madame, ça doit être bien. Je me dis : elle a de la chance...

J'ai envie de tomber par terre et qu'on me ramasse. Qu'on s'inquiète de moi. Je me dis que le pire ce doit être quand il n'y a personne pour s'inquiéter de vous. Je pense que c'est probablement la chose la plus triste au monde. Personne pour vous ramasser. Mentalement, je fais le compte. Plus de père, mère hors d'état. Mes filles, je ne veux pas leur infliger cela, je ne veux pas être leur poids, elles ont leur vie à mener. Il vaut mieux renoncer donc à tomber. Car il reste mon amoureux, mais il faut bien que je me tienne aimable pour lui aussi, il pourrait partir un jour, aucune obligation ne le retient. Mes amis ont d'autres personnes dont se soucier, ne serait-ce que leur propre famille.

C'est foutu.

41

Il fallait une force. De la force, il n'y en avait plus. Elle a dit à son amie : « Je ne peux plus avancer, je pense juste attendre de mourir. »

Son amie a répondu : « Va voir Émilio, j'ai confiance en lui. »

Ce n'était pas la première fois... Une bonne dizaine de fois depuis ses dix-sept ans, des analystes, des psychothérapeutes, des thérapeutes. Quand un mur de vie se dressait comme un obstacle, que ça ne cédait pas, elle consultait.

Là, elle n'a plus rien à dire à son psy, celui qu'elle voit deux fois par semaine depuis quatre ans. Plus rien à raconter, à expliquer, à associer. Elle est au bout de ses paroles, au bout de son histoire. Il sait tout, elle aussi elle sait tout et ça ne sert à rien. Ça n'aide plus.

4 décembre

Elle prend rendez-vous avec Émilio. Après l'avoir reçue longuement deux fois, il a dû partir en voyage (elle consigne son état et les prises de médicaments dans un carnet, il lui téléphone chaque jour et adapte le traitement en fonction). C'est un thérapeute particulier.

Les médicaments lui font du mal, c'est son diagnostic. Il faut arrêter. Tout arrêter. Les antidépresseurs qu'elle prenait à petites doses, mais aussi le traitement de fond prescrit pour ses migraines depuis dix ans. Pour la sevrer, il propose de substituer un autre médicament.

Elle n'en parle à personne, elle sait bien qu'ils seront contre, ses amis, ses amis médecins, raisonnables, rassurants qui ne la rassurent plus. Émilio n'est pas médecin, il n'a pas d'ordonnancier et elle devra se débrouiller pour se procurer les médicaments qu'il recommande. Il est intelligent Émilio, séduisant, chaleureux, marginal, disponible. Elle est séduite, elle décide de lui faire confiance. Elle a trouvé la force qu'elle cherchait...

Un mois plus tard, on tourne les pages de son carnet :

Ça tangue vertiges / Nausées aussi / Pas le moral / Mal à la tête / Pas dormi / Courbatures dans les membres / Bourdonnements oreilles /

Comme un casque / Pleurs / Angoissée / Dort tout le temps la nuit l'après-midi / Cafard / Énorme migraine...

Se réveille le matin, bonjour douleur. Vit épaules et nuque clouées. Dort encaquée. La souffrance ne la quitte plus et maintenant, elle veut mourir. Elle n'est plus déprimée, elle a juste envie de se jeter par la fenêtre.

Fini de rêver, de croire qu'on peut se soigner autrement, échapper aux réseaux classiques de la médecine. Fini l'acupuncture, l'homéopathie, la naturopathie, la réflexologie, manger bio, fini de jeter les médicaments aux ordures. Poubelle le naturel.

Le lendemain, elle est assise dans un couloir de l'hôpital Fernand-Widal, service de psychiatrie, devant la porte du professeur B. Pierre est venu à la maison hier soir, elle était dans son lit, incapable de se lever, il s'est installé près d'elle et elle lui a tout raconté. Émilio, les médicaments... Elle savait que si elle parlait, c'était fini. Fini espoir d'Émilio. Il était 21 heures, Pierre n'a pas dit un mot, il a juste sorti son téléphone et appelé son ami chef de service qui lui a donné rendez-vous le lendemain, aussi sec – ça sert à ça, dit Pierre, que je sois qui je suis et que tu sois mon amie. L'année dernière, elle était restée tout l'été le bras gauche collé au torse, à souffrir avant d'appeler Pierre, et Pierre l'avait sauvée de cette capsulite à l'épaule, le rhumatologue à Cochin est aussi un de ses amis.

Là, ça ne rigole pas. Le service de psychiatrie de Fernand-Widal, c'est un service de psychiatrie, un vrai. Avec des fous. Elle est impressionnée et inquiète d'être là. Et rassurée.

Elle attend : l'ami de Pierre, le professeur, le sauveur, n'importe qui. Une autre force.

Le professeur B. est arrivé. Il va la prendre en charge avec le docteur V., de Lariboisière, celui qui la soignait depuis toujours pour les migraines, celui dont elle a arrêté les traitements sur les conseils d'Émilio.

Elle comprend très vite : Émilio, c'est fini. Enfin, c'est comme elle veut bien sûr. Mais il faut choisir. Ici, on ne prescrit pas de médicaments quand on n'est pas médecin. Et on n'arrête pas un antimigraineux sans raison valable.

D'ailleurs, elle va le reprendre, et dès ce soir. Elle demande si le professeur souhaiterait s'entretenir téléphoniquement avec Émilio. Il dit : si vous y tenez. Mais elle sait que c'est inutile, il a dit cela uniquement pour ne pas être désagréable.

42

Ce matin, elle s'engueule avec Serge. Elle s'est emportée, pour rien. Une de ces histoires idiotes, un truc de lavabo et de dentifrice. Il s'en va, elle sait qu'elle lui a fait de la peine. Elle est au bord des larmes. Elle s'en veut tellement. Elle pense : je suis bipolaire, c'est ce qu'ils essaient de me faire comprendre (à côté du nom du professeur B. et de ses titres à Fernand-Widal, il était écrit, en énorme : Service des maladies bipolaires). C'est cela mes sautes d'humeur, que je déguise depuis toujours en âme slave, mes hauts, mes bas, mon orgueil, mon sang russe, Nathalierusse tu parles, Nathaliebipolaire oui ! Elle se demande ce qu'elle va faire, ce qu'elle peut faire de cette information-là.

Est-ce que c'est grave. Est-ce qu'elle peut s'en sortir. Il y a cette héroïne si attachante, Carrie, l'héroïne de la série télévisée *Homeland*, dont le rôle est axé sur la personnalité bipolaire. Depuis *Homeland*, la bipolarité est presque devenue glamour : elle se dit que si elle le doit, elle pourrait éventuellement gérer ça, une légère bipolarité. Une heure plus tard, le professeur au téléphone la rassure, elle est seulement très déprimée.

43

Elle lit. C'est mieux que quand elle ne pouvait plus lire. Ce manque d'intérêt... Il est revenu le goût de prendre un livre, de le tenir dans ses mains, mais pas la concentration. Tourner les pages, lire, comprendre ce que les mots expriment mais sans qu'ils impriment.

Puis, le plaisir. Maintenant, elle lit beaucoup, elle a le temps nécessaire pour cela. Elle constate cependant qu'elle enchaîne les lectures les plus sombres, *Si c'est un homme* de Primo Levi, *L'Année de la pensée magique* de Joan Didion...

Elle est retournée ce matin au cours de Pilates. Les professeurs soulagés de la revoir lui avouent qu'ils étaient inquiets (elle se dit : c'est bon signe, ils doivent me trouver « en forme » pour m'avouer cela).

4 décembre

Elle se souvient bien de ce samedi où elle s'est enfuie au milieu du cours, avec des larmes qui coulaient. Allongée sur la machine, sans pouvoir lever la jambe ni tendre le pied, yeux clos, lumière trop forte, elle voulait crier qu'on lui faisait mal. Elle savait que, si elle criait, ce serait signe de folie. Les paroles de Nina s'évaporaient dans un brouhaha d'agressions. Présence des autres dans la salle, bruit d'une élève, grincement de la machine qu'elle utilisait, tout lui aplatissait la tête. Elle ne comprenait pas comment on tolérait cela, elle voulait demander à Nina de les faire arrêter, elle a mis ses mains autour de son crâne pour ne pas hurler et puis elle s'est levée, elle a demandé la permission de partir, elle est partie. C'est elle qui n'avait plus sa place ici. Elle se souvient parfaitement de la sensation, qui lui fait encore mal, de perdition absolue de son corps, enveloppe flasque d'un côté, fardeau insoulevable de l'autre. Cette nécessité de se mettre à l'abri, de trouver immédiatement une sécurité, la seule envisageable, celle de son lit, pas allongée dessus mais glissée dedans, sous la couette, poids familier qu'elle tolère parce qu'il la réchauffe sans l'étouffer. Cette sensation de danger autour d'elle, partout. Et ce besoin, cet unique besoin, qu'on la prenne dans les bras, qu'on la serre, qu'on la berce et aussi qu'on la laisse.

45

Tous les jours, les photographes, les équipes de télévision l'attendent pour une interview et elle se fâche, parce qu'on a oublié de préparer des sandwichs et des boissons pour eux. Il faut aller la chercher tout de suite, à deux heures de Paris, elle veut rentrer chez elle, à la maison. Elle appelle, elle est enfermée au second sous-sol du parking, elle n'a pas d'argent pour prendre un taxi et les clefs, les clefs de l'appartement, on les lui a volées. Il y a la collection, elle doit faire les essayages demain, comment va-t-elle s'organiser avec tout ce monde ? Et puis elles sont méchantes, ces femmes qui se prénomment toutes Nora, comment peut-on laisser faire cela, comment peut-on l'abandonner ainsi, la laisser nuit et jour avec ces femmes qui la battent...

4 décembre

Elle dit : «Je voudrais qu'on me touche, il ne me touche plus.»

Elle n'est qu'une plainte. Rien ne lui convient de cette vie qu'elle a maintenant. De son lit à son fauteuil, de son fauteuil à la table, de la table au fauteuil et ainsi de suite. Les yeux mi-clos, elle ânonne ou elle agresse. Pour lui faire plaisir, il n'y a plus rien. Même une tablette de chocolat bien noir aux noisettes, un bouquet de roses, des chaussons imprimés panthère, rien ne lui arrache un sourire. Ce qu'on peut faire : s'asseoir auprès d'elle et lui tenir la main, quand elle ne vous dit pas de partir... C'est en lui tenant la main, en la caressant doucement, qu'on peut la réconforter un peu. Depuis longtemps, elle ne veut voir personne, elle n'autorise plus personne à la voir dans cet état. Ses sœurs seulement continuent de venir. Les dimanches midi, nous sommes serrés les uns contre les autres sur les huit chaises, parce qu'on ne débarrasse plus ses cahiers et ses crayons qui occupent au moins quatre places, presque la moitié de l'immense table. On ne débarrasse plus, parce que ça l'inquiète trop, que ses cahiers sortent de son champ de vision, si elle ne dessinait plus... Mais elle ne dessine plus depuis longtemps.

46

31 décembre 2014

Cette vie a-t-elle un sens encore ? Et si oui, pour qui ? Pour elle, pour ceux qui l'aiment ? Quelle est la dernière chose qui lui ait fait plaisir ? Quand a-t-elle souri la dernière fois ? C'est vaseuse qu'elle ne souffre pas, quand elle est consciente, elle ne décolère pas. Cette vie libre et puissante qui se termine comme ça... Tout ce qui vous fait peur et horreur et puis, un jour, c'est devenu vous ? Même quand on est l'une des reines du monde, on n'est pas du tout épargné, je suis très en colère (ma mère est une reine du monde), même elle, elle se retrouve grabataire – pourquoi ne pas le dire, au nom de quoi, pour protéger qui – alors qu'il y a de l'argent et de l'amour. J'en ai assez, je suis en colère de la voir comme ça, de devoir la voir comme ça, la reine du monde qui n'a jamais supporté qu'on ait pitié d'elle. Elle est dans sa maison, ma poupée chérie, au-dessus de ma tête ma beauté, déambulée de son lit à son fauteuil, de son fauteuil à sa table, les homards de Noël elle n'y a pas touché, les huîtres on les a jetées, elle a envie de croissants, je vais en chercher elle n'en veut plus, elle entend vaguement les bandes-son des collections, ça la berce, elle veut dessiner, les photographes vont arriver, c'est le défilé, elle ne veut pas mourir. Dans ses pires cauchemars, elle n'aurait pas imaginé ça.

On ne peut plus rien faire, l'abrutir de calmants mais elle ne bougera plus de son lit, alors les escarres viendront, ça lui fera mal. Torture. Je m'embrouille, je n'explique pas bien la situation, je vais résumer. Ma mère, une reine du monde. Talentueuse, célébrée, généreuse, cultivée, fortunée, aimée. Dégradée – effrayée – mortifiée – souffrante – dépendante – humiliée. Indignité. Paris, septième arrondissement, rue des Saints-Pères, décorateurs et antiquaires. Et dans les hôpitaux c'est pareil, il n'y a rien d'autre à faire. Alors pourquoi toute cette histoire, les parents vieillissent, tombent malades, un jour ils meurent. On est douillette, mais ça intéresse qui ? Et tous mes vœux pour cette nouvelle année.

IX

Journal

1er janvier 2015

L'étau se relâche. Je ne suis plus déprimée. Ils ont trouvé le bon dosage de Prozac, celui qui me convient. Ça a mis le temps, ils augmentaient la posologie très lentement, je pensais mourir, c'était ce dernier mois d'août, à Ré, ça n'allait pas mieux, je téléphonais au psychiatre ou je lui envoyais des mails, les deux parce que quelquefois je n'arrivais plus à respirer ni à parler, donc j'écrivais des mails quand je ne pouvais pas parler, ou je restais prostrée et là je ne faisais plus rien, j'attendais. Un jour, il m'a demandé : « Vous ne pensez pas à la mort ? » J'ai dit : « Si, bien sûr, tous les jours, pas pour me tuer, mais pour que cette souffrance s'arrête. » « On va tout de même augmenter la dose alors, mais très pro-gres-si-ve-ment. » Ça a duré tout l'été, cette blague. Muriel m'appelait tous les jours, la seule chose que je me forçais à faire, parce qu'elle me l'avait recommandé, c'est de nager longtemps dans la mer froide : j'étais servie, à Ré, elle est froide. J'étais supposée partir au Québec fin août, invitée d'honneur de la Fashion Week de Montréal, donner une Master Class dont le sujet serait mon livre sur l'élégance et, jusqu'au dernier moment, j'ai pensé ne pas être capable de faire une valise, encore moins d'y aller et de jouer mon rôle. Dix jours avant le départ, il a augmenté encore la dose. Tout m'effrayait mais avec Serge, grâce à Serge, nous sommes partis et j'ai été formidable. Personne n'a rien vu, rien remarqué, moi non plus qui avais réussi à me blottir entre parenthèses dans les bras de Serge. Je voulais partir à Montréal parce que, si je n'honorais plus mes obligations, ce serait direction l'hôpital.

Vers le 15 septembre, de retour à Paris, après ces deux semaines avec 50 milligrammes de Prozac quotidiens, j'ai commencé à me sentir mieux. À pouvoir écouter mon frère me dire de prendre de la distance, me raconter des trucs apaisants, son foutu rapport africain naturel à la mort par exemple, mon petit frère, *Titi la carotte râpée* qui m'explique que notre mère que j'ai connue n'est plus, que maman est une autre, et je comprends mieux ce qu'il dit, même si, dans tous les mots qu'il prononce, il y a le trou du vide, il y a la béance de la mort. Avec mon Prozac dans l'estomac, avec mon frère qui me dit que ma mère qui m'appelle maman n'est plus ma mère, avec la tempête d'un dernier soupir...

J'ai écrit le récit de mes migraines, j'ai dépeint déjà cette héroïne maléfique, invisible pour les autres, qui me frappe et m'anéantit instantanément. Depuis l'adolescence, j'ai essayé tant de traitements sans beaucoup de succès, et puis, il y a une dizaine d'années, j'ai rencontré le docteur V. qui a créé le service des Urgences céphalées à Lariboisière. Il m'a soulagée. Traitement de fond et traitement de crise, je ne sors plus jamais sans trousse de secours dans mon sac, comme une allergique avec son adrénaline, une diabétique avec son insuline, une asthmatique avec sa Ventoline. Parfois la crise résiste, j'appelle les Urgences médicales à domicile, je réclame, avec l'accord du docteur V., une piqûre d'Acupan, de Primpéran et de Valium dans la fesse ; après je suis shootée plusieurs heures, quelquefois plusieurs jours, mais quand je me réveille, *I am free* !

Depuis début décembre, j'ai mal, j'ai mal tout le temps, la crise ne cède pas. Le docteur V. m'interdit tous les médicaments habituels dont j'ai abusé, je suis en overdose. À l'hôpital, il me met sous perfusion puis me fait inhaler de l'oxygène. Rien n'y fait, la tête me cogne, je me cogne la tête. Finalement, il m'accorde de l'Aspégic 1000, trois par jour maximum. Sans aucun résultat. Il décide alors de me placer sous cortisone à fortes doses, cela dure neuf jours et la douleur cède, enfin. Puis revient.

2 janvier

État de mal migraineux. Évocateur… Un titre de livre ? Ponction lombaire, trépané, saigné à blanc, aveugle, Parkinson, mal, migraineux. Les médicaments, même l'Aspégic, me sont tous maintenant formellement interdits. Je dois téléphoner à V. chaque fois que j'ai mal. C'est lui qui décide. État de dépendance.

5 janvier

L'orthophoniste, après la séance de samedi dernier, m'a presque présenté ses condoléances, désolé de voir sa patiente se dégrader aussi brutalement depuis un mois. La kiné est patiente, mais n'obtient plus grand-chose de ma mère. Comme me l'a dit son psychiatre, tant qu'elle continue à bouger, à marcher un peu, même sur la pointe des pieds, ça ira…

L'étau se resserre. Verra-t-elle la fin de l'année ? Personne ne le lui souhaite, à part elle peut-être, je ne sais pas, j'ai peur qu'elle n'ait trop peur de mourir.

En ce début janvier, j'ai fait le point avec l'orthophoniste, la kiné, le psychiatre et aujourd'hui, le généraliste. Samedi, j'ai rendez-vous avec son neurologue...

Je m'occupe de moi. À Fernand-Widal, mon psychiatre le professeur B. téléphone au docteur V. Ils prennent la décision d'augmenter encore le Prozac, 60 milligrammes par jour. Je suis moins anxieuse, certes, mais je suis en état de mal migraineux, ce qui veut dire que j'ai mal à la tête ou la migraine en permanence. Ça m'est bien égal de prendre 60 milligrammes de Prozac, je veux juste que ça s'arrête, je veux vivre sans cette douleur, vivre sans annuler tout au dernier moment.

Rentrée chez moi, je me dis : état de mal migraineux, c'est quand les médicaments n'agissent plus, c'est exactement le constat que les médecins font du Parkinson de ma mère.

8 janvier

Hier, dans Paris, deux hommes cagoulés déboulent. Ils tuent des rois du rire, de la liberté, des génies de l'impertinence. Ils massacrent *Charlie Hebdo*, Wolinski, Cabu, Charb, génération 68 et d'autres plus jeunes aussi. Douze morts en tout, la France se pince. J'empoigne mes albums de Wolinski, de Cabu, je descends à la boutique, je les dépose en vitrines. Il faut qu'ils soient là. Aujourd'hui, à Montrouge, prise d'otages et fusillade dans une épicerie casher. La France bascule. On tire à la kalachnikov sur la liberté d'expression, les flics, les juifs. En deux jours, dix-sept morts. Tragique. Les Français sidérés se recueillent derrière le gouvernement et le monde entier hurle : « Je suis Charlie. »

10 janvier

Francesco Rosi est mort aujourd'hui. Le cinéaste, auteur de *Main basse sur la ville*, de *L'Affaire Mattei*... était un ami. Et sa femme, la première à vendre Sonia Rykiel en Italie, à Rome, dans sa boutique 77. Francesco l'accompagnait souvent à Paris. Giancarla, volubile, parlait mode et politique avec ma tante Danièle et ma mère tout en commandant la collection dans le showroom. Lui les retrouvait en fin de journée pour dîner au restaurant. Souvent, je les rejoignais. Je n'ai pas dit à maman qu'il est mort, ça ne sert à rien.

13 janvier

Lola, ma Lola, arrive vendredi. C'est la première fois que nous fêterons son anniversaire en famille depuis qu'elle vit aux États-Unis. Le 13 janvier, c'est aussi la nouvelle année russe, il y aura des violons ce soir dans les restaurants russes. Et les kalachnikovs...

Retournement de situation, la France bizutée, réduite puissance Versailles et camembert, redevient l'emblème mondial de la liberté d'expression, la patrie des droits de l'homme. On invoque Voltaire, la Libération, Mai 68, on chante la *Marseillaise* et ça fait du bien, parce qu'on a très peur mais même pas peur, il ne faut pas. Le gouvernement moqué, malmené depuis deux ans rassure, cinquante chefs d'État rappliquent à Paris pour tendre la main au nôtre, bras dessus bras dessous on manifeste, dans la rue on embrasse les flics, c'est la première fois qu'on voit ça, les chaînes d'infos bouclent le monde en *Charlie*, et, pour un peu de temps, une ardeur enfouie ranime les Français effondrés.

Rien n'est jamais joué. Un homme passe la porte, personne ne l'attend, surtout pas vous et votre vie est bouleversée – c'est exactement ce qui m'est arrivé. Trois dingues armés comme des guerriers terrorisent un pays, un président affaibli et méprisé assure un sans-faute et en trois jours devient père et mère de la Patrie, un peuple divisé défile soudé autour de ses valeurs. Un Premier ministre déclare à l'Assemblée nationale : « Je ne veux pas que les juifs aient peur, je ne veux pas que les musulmans aient honte. » Un peu de fierté quand même.

Sous les pavés la plage, mon plafond se déforme, on dirait qu'il s'enfonce, qu'on me marche sur la tête, au-dessus c'est du sable mouvant, éprouvants les événements, tout se confond. Le neurologue est venu. Quand elle l'a vu, elle a souri, elle était toute douce et calme, presque contente. Un peu dans les vapes, des difficultés à marcher, pas très cohérente mais douce et contente. Il m'a dit : « Ça va bien, Nathalie, on n'est pas au bout. »

Alors, vie pas finie, messe pas dite, un sourire égale de l'espoir ? Cette force inouïe, ce souffle qui permet de renaître, d'espérer, alors, on n'est jamais mort, jamais, tant qu'on n'est pas mort ?

Depuis deux ans, j'encaisse, c'est les montagnes russes, ma mère va mourir dans les quinze jours, elle ne peut pas tenir, elle est trop faible, elle souffre trop, tout est trop – indigne – et puis, ça se calme, un sourire et le neurologue me dit que ce n'est pas la fin, que son cœur est solide. Je ne sais même pas si je suis contente. Ne plus rien partager avec elle, un ciel bleu, des chaussures incroyables qu'elle aurait achetées dans toutes les couleurs, un gâteau, les lauriers de mes filles. Elle existe mais elle n'est pas là.

Même si la folie lui va bien, elle a toujours déliré un peu, maintenant elle soliloque dans son fauteuil, les cheveux roux, les mains faites – j'y veille – on dirait une sublime dingue, Sarah Bernhardt ou Colette, telles que je les imagine à la fin de leur vie, cheveux fous, regard mi-clos, déclamant dans le vide, mais la classe malgré tout. Sa mort, je n'y pense pas pour moi, pour me soulager d'elle, je ne préfère pas qu'elle meure, même si je me dis qu'elle ne souffrirait plus, que ce serait moins de tourments, même si, brutalement, tout serait plus simple. Tout serait différent certainement. Non, si on me demande, pour moi, pas pour elle mais pour moi, ce que je souhaite, c'est qu'elle ne meure pas, je veux qu'elle continue de respirer encore s'il vous plaît, parce que, le jour où je n'entendrai plus sa voix, le jour où je ne sentirai plus sa sénescence sa souffrance son malheur écraser enserrer compresser mes épaules mon crâne mon cœur, ce jour-là, elle m'emportera et une partie de moi mourra.

Mais j'ai demandé, s'il lui arrive quoi que ce soit, une chute, quelque chose qui aggraverait son état, quelque chose qui ne puisse guérir mais seulement augmenter ses souffrances, j'ai demandé, si quelque chose arrivait, qu'on ne l'opère pas. J'ai eu ces conversations, avec ses médecins, avec mon frère, avec des proches. Et je suis allée au cimetière, je voudrais qu'elle soit enterrée à Montparnasse, pas à Bagneux où sont les caveaux de famille, ce n'est pas là qu'elle veut être, qu'elle doit être, c'est à Montparnasse que doit se coucher une reine de la rive gauche, à Montparnasse que des artistes des intellectuels et des femmes en pulls rayés et pantalons larges viendront la voir et lui apporter des fleurs. Il faudrait que je pense à une épitaphe... Toutes ces choses, je m'en occupe, j'essaie maintenant, parce que je sais que le jour venu, je mourrai en même temps qu'elle et je ne sais pas si, morte, j'aurai la force.

Après, mes filles viendront me chercher, elles ne me laisseront pas, elles m'emmèneront, elles seront les plus fortes et je les suivrai.

18 janvier

La question de savoir si, avec 60 milligrammes de Prozac, je pourrais continuer d'écrire est la question qui m'importe. Après presque quinze jours de ce nouveau dosage, les effets devraient se faire sentir. Parce que c'est la seule chose qui compte dorénavant, c'est ce qui me tient debout, écrire. Quand je trouve ça bon, je le sais, j'ai tout de suite envie de le lire à ma fille. Il paraît, j'ai entendu cela quelque part, qu'on écrit tous pour une personne, pour un lecteur. Moi, je crois que c'est ma fille. Ce n'est pas commode, c'est quelquefois embarrassant, justement parce que j'écris l'intime et que ma lectrice, c'est ma fille, qui n'a pas envie d'être aux premières loges de mes histoires de cœur, de cul, de mort, et ce mal migraineux quasi permanent, c'est déjà pénible pour les proches, alors le lire en plus ! Mais, quand elle me lit, si elle dit que c'est bien, je sais que c'est vraiment bien, elle ne me passe rien.

Justement aujourd'hui, je suis heureuse. J'ai eu ce moment ce matin, je me suis dit : tiens, je suis heureuse, ça n'est pas grave (de toute façon, ça ne va pas durer !). Malgré toute cette dureté, je me suis sentie heureuse et j'arrive à garder ce goût encore maintenant, ce sourire, cette légèreté, presque un chantonnement. Je suis étonnée, même s'il y a bien des raisons de me sentir heureuse, je suis consciente d'aimer Serge de plus en plus par exemple. Puis, je réalise, cette légèreté, peut-être le Prozac fait effet plus tôt que prévu...

20 janvier

Je suis montée. Tout était calme, elle somnolait. Elle ne quitte pas la veste écossaise légère et chaude que je lui ai achetée l'autre jour chez Ralph Lauren, ça me fait plaisir parce qu'elle a toujours aimé ces vestes d'homme un peu amples, une saison d'hiver, elle en a dessiné une. Tôt ou tard les couturiers s'inspirent et se volent des trucs les uns les autres, ils s'en emparent en y ajoutant leur patte, ça donne souvent des vêtements intéressants, et puis la maternité paternité ne se revendique pas. On sait tous très bien qui a fait quoi. Ce n'est pas de la copie, plutôt un clin d'œil, un hommage. La copie, c'est autre chose, du littéral en moins bien, sans signature, et là, il faut attaquer. La copie, comme disait Coco Chanel, c'est la rançon de la gloire.

Oui, un hommage, Miuccia Prada avait signé une collection entièrement inspirée et rayée de rayures Rykiel, elle en avait mis partout, du sol au plafond, des chaussures aux chapeaux, tellement insistante, enfonçant le clou, elle en avait même illustré sa publicité, à un moment où nous-mêmes n'osions plus trop les utiliser, nos rayures emblématiques, elles nous semblaient démodées. Et Prada en dispose intelligemment, et subitement, parce que c'est beau, et bien fait, et bien fait par Prada, les rayures à la Rykiel deviennent désirables. Ça me rend folle mais c'est cela, la mode. Susciter le désir. N'importe quelle marque désirable peut donner envie de tout et de n'importe quoi, il y a des listes d'attente pour des robes aux imprimés criards, des chaussures aux talons difformes, des sacs mal pratiques, des femmes en meurent d'envie parce que la marque les fait rêver. L'autre ingrédient c'est le *timing*, ce moment précis et mystérieux, pas avant, plus après, où les femmes auront envie de ce rêve-là.

Quand Prada avait inondé son podium de rayures Rykiel, pendant la Fashion Week de Milan, une semaine avant celle de Paris, ça m'avait rendue dingue. J'ai pris les nouveaux modèles de sacs qui allaient défiler huit jours plus tard chez nous, j'ai appelé le fabricant, j'ai demandé qu'il les recouvre de notre jersey rayé et nous les avons récupérés juste à temps pour le show. J'acceptais l'hommage, je m'inclinais, mais tout de même, il fallait rappeler d'où venaient ces rayures !

21 janvier

Je suis montée, elle était dans le fauteuil, somnolente dans sa veste Ralph Lauren, la tête et le corps penchés. Je sonne et j'ouvre la porte en même temps, par courtoisie et pour bien montrer que je peux débarquer à tout moment, que j'ai les clefs, qu'ils fassent gaffe, qu'on ne touche pas à un cheveu de ma mère. Ils ont peur de moi là-haut. De toute façon, je suis le garde-chiourme, celle qui veille au grain, qui prend les décisions, dans la famille comme dans l'affaire, je suis une gentille mais j'ai toujours été la méchante, celle qui engueule, qui accepte ou refuse les augmentations, qui vire les gens quand il le faut, tous les trucs difficiles c'est pour moi. La patronne, c'est le rôle que la vie m'a donné, c'est la place que j'ai prise et même demandée, il avait fallu que j'insiste longtemps pour que ma mère me cède son titre de présidente, elle ne voulait pas, pourtant c'était nécessaire pour diriger. Chez Rykiel, les salariés adoraient ma mère, ils la vénéraient, moi je crois que je cristallisais plutôt les rancœurs. J'ai toujours pensé que, de Pierre Bergé et d'Yves Saint Laurent, le plus impitoyable n'est pas celui qu'on croit, parce que je sais comment ça se passe dans un couple de travail, et que les créateurs sont des monstres qui savent divinement se faire pardonner…

22 janvier

Je suis montée et je me suis agenouillée à ses pieds, j'ai posé ma tête sur son ventre doucement, en essayant de ne pas peser, ses mains chaudes sur mes cheveux, elle a commencé à murmurer, c'était comme un ronronnement, j'ai pris tout ce que j'ai pu de chaleur et de force et d'amour, j'en ai pris un paquet, et je lui ai donné tout ce que j'avais de chaleur et de force et d'amour. On était bien, rien ne comptait que ce moment, je lui disais aussi des trucs à voix basse, ça n'avait pas d'importance si elle ne comprenait pas, on se serrait l'une contre l'autre, je suis restée longtemps et je n'ai pas pleuré.

23 janvier

Elle m'a dit ce matin : « Je veux reprendre ma vie d'avant. »

24 janvier

Je découvre Instagram, 510 *followers* en deux mois. Petite addiction...

26 janvier

Elle m'a dit : « Tu te rends compte, on m'a enterrée vivante. »

27 janvier

On a libéré le camp d'Auschwitz il y a soixante-dix ans aujourd'hui. Les images, les mots, les derniers témoins... Marceline Loridan-Ivens se demande si ça valait la peine d'en revenir vivante. Ses vêtements : « On nous redonnait d'autres vêtements de morts, jamais à ma taille, toujours trop grands, trop longs pour moi, depuis les tout premiers, ceux de l'arrivée, que je n'oublierai jamais, une jupe qui arrivait jusque par terre, un petit gilet, un caleçon d'homme taché qui puait le désinfectant, une chaussure plate trop grande, une autre à talon et trop grande aussi. »

29 janvier

Vêtements encore. Soirée Sidaction au Pavillon d'Armenonville. Trente ans que ça dure, trente ans que Pierre Bergé et Line Renaud réunissent les gens de mode pour participer à la lutte contre le sida. On dira ce qu'on veut, les convives râlent pendant les discours mais ils sont généreux, ils viennent, ils paient, bien obligés. Tout le monde regarde tout le monde, qui est là et à quelle table, on se fait beau, on s'habille, c'est le minimum, c'est la soirée annuelle de la Mode, c'est contre le sida et on est prêt à payer pour ça.

30 janvier

Nous partons trois jours au Danemark, conviés par l'ambassadeur de France François Zimeray, à l'occasion de la Fashion Week de Copenhague. Speechs, interviews, photos, conférence, les Danois sont sympathiques, très féministes, leurs musées magnifiques. Serge et moi promettons de revenir cet été. Copenhague est à une heure trois quarts de Paris.

3 février

Rentrés hier soir, il fait froid à Copenhague, il fait froid à Paris. Janvier et février sont des mois détestables, des mois sans grâce, des mois de froidure où les gens meurent plus facilement. Ma fille est enfermée dans sa khâgne, cloîtrée dans sa chambre, je suis contente de la retrouver, d'être là pour elle. Ma mère ne s'est pas rendu compte de mon absence, je lui téléphonais deux fois par jour, elle ne sent pas la différence, je crois. Elle s'est un peu rétrécie. Je lui ai rapporté un énorme sac de mini-Toblerone, je réalise qu'il y a du nougat dedans, je ne lui donne pas.

12 février

Je passe la journée au bureau. La collection se prépare. Les choses sont à leur place.

14 février

C'est la Saint-Valentin. Aujourd'hui à Copenhague, dans un colloque sur la liberté d'expression, François Zimeray a échappé de justesse à un attentat terroriste...

6 mars

Bureau. Je monte assister aux essayages. Julie de Libran, la nouvelle directrice artistique que nous venons de nommer, est calme, concentrée. Je lui fais porter des roses.

9 mars

Jour de collection. Nous recevons les invités dans la boutique transformée, envahie de livres. Bibliothèque du sol au plafond, quarante mille livres ! Merveille. Les vêtements sont beaux, ils sont justes, j'ai envie de les porter. C'était donc possible... Maman – je crie ton nom tout bas – tu n'es pas loin. Au bout de la rue. Toute la mode est là. Sauf toi. Pourtant, tu es dans chaque livre, dans chaque robe. Les livres et les robes, si tu n'es pas au paradis...

15 mars

Serge et moi partons au marché puis, comme chaque dimanche matin, nous retrouvons nos amis au Rostand. Après le déjeuner chez ma mère, nous irons voir une expo. Il ne s'est rien passé. Simplement être avec lui. Et cette sensation, cette bouffée « Je me sens bien ». Comme une évidence. Non, pas de grands mots. Il suffirait de presque rien...

17 mars

> *« C'est une femme d'une soixantaine d'années, douce, rassurante, d'une agréable neutralité. »*
>
> Emmanuel Carrère, *Le Royaume*

Douce, rassurante, d'une agréable neutralité, une femme de soixante ans... Emmanuel, toi l'écrivain, le scénariste, le réalisateur, toi l'homme qui aime les femmes, ce cliché ? Pourquoi pas une douce de vingt, une neutre de quarante, une fadasse de trente, elles auraient bien de la chance celles-là déjà, de figurer dans ton livre ! Si elle doit vraiment avoir soixante ans, ton héroïne, s'il te plaît modifie le personnage, ou l'histoire, mais fais-nous bander, qu'on en tombe amoureux, qu'on en rêve, qu'on fantasme sur la femme de soixante ans !

Et si tu ne le fais pas, je veux bien m'en charger. Oui, je dénoncerai ces hommes qui envoient des fleurs et des compliments, ces jeunes hommes qui proposent en rougissant de prendre un café, je donnerai des noms, et ces femmes, ces jeunes filles qui demandent : « Comment faites-vous – un conseil pour vous ressembler ? »

4 décembre

Quelquefois, elles ajoutent : « À votre âge. »

C'est vrai, la phrase complète des jeunes filles c'est : « J'aimerais vous ressembler quand j'aurai votre âge. » C'est peut-être moins glamour avec la chute mais c'est un vrai compliment.

Être bien à soixante ans, ce n'est sûrement pas ressembler à une jeune fille. C'est plutôt qu'une jeune fille ait envie de vous ressembler, quand elle aura soixante ans.

X

Épilogue

« Il est grand temps de rallumer les étoiles. »

Guillaume Apollinaire

Suis allée au Pilates. J'y vais à pied. Baskets, chapeau, lunettes, mon sac à dos, je marche rapidement jusqu'à Montparnasse, cela me prend quinze minutes, pareil au retour, trois fois par semaine. Je me dis que c'est bien. Avant, je ne marchais pas.

Déjeuné avec Linda. Pour elle, je traverse la Seine, elle plaide souvent en début d'après-midi, il nous reste ainsi plus de temps ensemble.

Vu mon psy cet après-midi.

Je m'engueule avec mes tantes, quelquefois gravement, ça me fait souffrir et elles aussi peut-être, mais elles sont ma famille et c'est ce qui compte.

4 décembre

Découvert que je peux être mère et sœur de mon frère et aussi pleurer dans ses bras. Ridicule donzelle, disait mon père affectueusement.

Conseiller sans agir, nourrir sans vomir, les deux premières années, ce fut difficile. Mais j'ai fait la seule chose à faire. J'ai permis à Rykiel de grandir. Aujourd'hui, je suis là et je suis fière de ce que devient cet héritage.

Serge. C'est une force. L'homme que j'aime. Solide. Si intelligent et drôle et aimant...

Mes filles tissent chacune leur histoire, je les admire et pas seulement pour cela. Leur père est mon ami. Dans deux mois, Tatiana reviendra d'Inde, elle enseigne le yoga, mais peut-être décidera-t-elle de repartir et je m'inclinerai – j'irai embrasser Lola à New York, elle a choisi de s'y installer et d'y représenter Rykiel depuis cinq ans déjà, une chance pour la maison – Salomé aura passé sa prépa pour Normale sup, elle se déterminera et je serai là.

J'écris ce livre. Je me lève le matin. Je vis cette vie et si on me demande ce que je fais, si je dois remplir un formulaire, je dirai que j'écris. C'est à cela que je pense, c'est à cela que je consacre l'essentiel de mon temps. C'est ma première pensée le matin et ma dernière le soir.

Je remercie

Muriel Flis-Trèves
Dan Franck
Pierre Wolkenstein
et
Serge Goldszal

Ils sauront pourquoi...

Table

Pour en savoir plus
sur les Éditions Plon
(catalogue complet, auteurs, titres,
revues de presse, vidéos, actualités...),
vous pouvez consulter notre site Internet :
www.plon.fr
et nous suivre sur les réseaux sociaux :
www.facebook.com/Editions.Plon
www.twitter.com/EditionsPlon

La photocomposition de cet ouvrage
a été réalisée par
Graphic Hainaut
59410 Anzin

Achevé d'imprimer en septembre 2015
par Normandie Roto Impression s.a.s.
Dépôt légal : octobre 2015
N° d'impression : 1503416

Imprimé en France